KB114823

재벌닷컴
chaebol.com

재벌 닷컴 2

매검향 장편소설

초판 1쇄 찍은 날 § 2017년 10월 25일
초판 1쇄 펴낸 날 § 2017년 11월 1일

지은이 § 매검향
펴낸이 § 서경석

총괄팀장 § 최하나
편집책임 § 이선근
편집 § 김슬기

펴낸곳 § 도서출판 청어람
등록번호 § 제387-1999-000006호
등록일자 § 1999. 5. 31
어람번호 § 제1-2789호

주소 § 경기도 부천시 부일로 483번길 40 서경B/D 3F (우) 14640
전화 § 032-656-4452 팩스 § 032-656-4453
http://www.chungeoram.com
E-mail § chungeorambook@daum.net

ISBN 979-11-04-91503-1 04810
ISBN 979-11-04-91501-7 (세트)

2

매검향 장편소설

FUSION FANTASTIC STORY

재벌닷컴

재벌닷컴
chaebol.com

목차

C O N T E N T S

제1장
본격적인 사업 전개 Ⅱ

더 이상의 생각을 접은 태호는 자리에서 일어나 곧 회장실로 향했다. 물론 자일리톨 껌 신제품에 대한 소개를 하고 이 회장에게 생산 설비 확충에 대한 내락을 받기 위해서였다.

　곧 회장실에 도착한 태호가 노크를 한 뒤 회장실 문을 열고 들어가니 두 다리를 책상 위로 올린 이 회장이 꾸벅꾸벅 졸고 있었다. 식사 후 소화를 시키느라 피가 위로 몰리니 잠이 오나 보다 생각하며 태호가 뒤돌아 나가는데 뒤에서 이 회장의 목소리가 들려왔다.

　"왔으면 앉지. 왜 돌아가?"

"곤히 주무시는 것 같아서……."

"봄이 머지않았나 보다. 벌써 춘곤증이 오는 것을 보면 말이야."

자리에서 천천히 일어나며 이 회장이 물었다.

"이번에는 무슨 일이야?"

"신제품을 선보이러 왔습니다, 회장님!"

"그래? 뭔지 몰라도 계속 쏟아지니 좋기는 한데, 지금 걱정도 해야 하지 않겠어? 생산 설비를 갖추려면 말이야."

"네."

"커피 주문하고 자리에 앉아. 잠을 쫓기 위해서라도 나도 커피 한 잔 마시게."

"네, 회장님!"

대답과 함께 곧 문을 열고 비서실에 커피 두 잔을 주문한 태호 또한 이 회장 맞은편 소파에 앉았다.

"그래, 이번에는 무슨 제품이야?"

"껌입니다."

"껌?"

의외라는 듯 놀라는 이 회장을 보며 태호는 가지고 온 용기를 내놓고 아예 뚜껑을 열어 보였다. 기존 껌과는 확연히 다른 모양에 고개를 갸우뚱하며 이 회장이 물었다.

"이게 껌이라고?"

"네, 회장님! 자일리톨이 45% 이상 함유된 충치 예방용 껌입니다."

"이걸 씹으면 충치가 예방된다고?"

"네, 이것만 먹는다고 해서 충치가 100% 없어지는 것은 아니지만 어느 정도 효과가 있는 것도 사실입니다."

놀라는 이 회장을 향해 태호는 곧 자일리톨에 대해 장황하게 설명을 하고 껌 시장의 판도를 바꿀 수 유망한 신제품이라는 말로 매듭을 지었다.

"허허, 참으로 기발한 발상을 많이 하는군. 이것도 자네 아이디어지?"

"그렇습니다."

회장이 흐뭇해할수록 태호는 오만하게 비춰지지 않기 위해 더욱 몸을 낮췄다. 이때 차가 들어왔으므로 잠시 두 사람의 대화가 중단되었다. 이윽고 차 한 잔을 각각 비운 후, 이 회장이 먼저 입을 떼었다.

"광산 매물 건 말이야."

"네, 회장님!"

작년 하반기 내내 탐광 시추를 한 결과 문경, 삼척에서 공교롭게도 추가 매장량 100만 톤을 확보했다. 이에 태호는 그 결과를 보고하고 추가 확보한 매장량을 포함하여 지금이 팔아먹을 적기라는 진언을 했다.

이에 이 회장이 단안을 내려 금년 1월부터 양 광산이 매물로 시중에 나와 있었다. 그래서 이 회장이 지금 그 이야기를 하고 있는 것이다.

"이곳저곳에서 입질만 하지, 확 물지를 않아. 감질나게 말이야."

"속된 말로 방귀가 잦으면 똥 싼다고……."

"하하하! 그렇지? 곧 팔리겠지?"

"네!"

별일도 아닌데 크게 웃으며 만족해하는 이 회장이었다. 이는 동조자가 있으니 혼자 속 끓이다 동지를 만나 위로가 된다는 웃음이 아닐까 생각하며 태호가 말했다. 아니, 물었다.

"회장님! 광고 모델 기용료로 1억 원 이상을 쓰려는데 가능하겠습니까?"

"무슨 소리야? 대한민국 톱 모델 누구를 데려다 써도 5천만 원이면 충분한데. 아니, 그 이하도 얼마든지 가능하지."

"엑스트라까지 동원하려면 그 정도 비용은 들 것 같아서……."

"어떻게 광고를 찍기에 그래?"

태호는 이 회장의 물음에 자신이 생각하는 광고 내용을 상세히 설명했다. 그러자 이 회장이 반문했다.

"군이 내용을 꼭 그렇게 해야겠어?"

"아니면 목욕탕에서 아줌마들이나 마시는 이류 음료수로 전락할 개연성이 큽니다. 청량음료를 소비하는 층이 주로 젊은 층인 관계로, 처음부터 그들을 타깃으로 정하고 밀어붙여야만……."

"정 그렇다면 할 수 없지. 생각대로 해봐."

"감사합니다, 회장님!"

"감사를 표하기 전에 올 여름 성수기에는 제품을 세상에 선보여야 하지 않겠어? 속전속결로 땅 매입 건이고 뭐고 처리해봐."

"네, 회장님!"

아니래도 내년이면 세상에 내놓을 계획이므로 올 여름 안에 제품을 내놓을 생각으로 태호도 서두르고 있었다. 태호가 더 이상 말이 없자 이 회장이 개인적인 이야기를 꺼냈다.

"요즘 효주와는 어떻게 지내나?"

"조금씩 가까워지고 있습니다."

"에이, 사업 면에서는 강단도 있고 추진력도 있는 사람이, 그까짓 계집 하나 못 휘어잡고 쩔쩔매고 있나? 매일 뭐가 가까워진다는 거야?"

"장인어른과 장모님의 전폭적인 지지를 감안하면 무슨 짓이든 못 하겠습니까만은, 절대 그렇게 해서는 안 될 것 같아서요."

"왜?"

"빈껍데기만 얻고 싶지만은 않기 때문입니다."

"허허, 그건 자네가 뭘 몰라서 하는 소리야. 소위 육정(肉情)이라는 것도 있어. 남녀가 살을 섞고 살다 보면 없는 정도 생기게 마련이라고. 그러니 너무 효주의 생각에 연연하지 말고 확 밀어붙여. 알겠어?"

"네, 회장님!"

면전에서 거절하기 어려워 순순히 답했지만 태호로서는 절대 그럴 마음이 없었다. 감이 저절로 익어 떨어질 때까지 정성을 다하며 기다릴 생각인 것이다.

*　　　*　　　*

다음 날 아침.

태호는 정보부장 정태화를 자신의 방으로 불러들였다. 곧 그와 마주 앉은 태호가 물었다.

"조용필 씨 건은 어떻게 되었습니까?"

"요는, 생각은 있는데 개런티를 얼마나 주느냐에 따라 결정하겠답니다. 실장님!"

"1억 원 준다고 하세요."

"네?"

너무 큰 액수에 눈이 화등잔만 해지는 정태화를 바라보며 태호가 농담을 건넸다.

"산전수전에 공중전까지 다 겪은 분이 그깟 1억 원에 그렇게 놀라십니까?"

"시세라는 것이 있는 것인데, 터무니없이 높은 금액이다 보니……."

손을 저어 더 이상 그의 이야기를 만류한 태호가 찍을 광고 내용에 대해 상세히 전하고 그의 동의를 받아오도록 했다. 그리고 추가 지시를 내렸다.

"그 무엇에 우선해 내수 공장 용지부터 2만 평 정도를 빠르게 매입해 주세요. 올여름 전에 제품을 생산해야 하니까요."

"알겠습니다."

이때 커피가 나왔으므로 차를 마시는 것을 끝으로 그를 내보낸 태호는 곧 2차장 김찬기를 불러들여 맥콜 및 천연 사이다, 탄산수 또 자일리톨 껌 생산 라인도 함께 갖추도록 지시했다. 그러면 그가 생산 담당자와 상의할 것이므로 그에게 임무를 맡긴 것이다.

그렇다고 그가 생산과장을 찾아가지는 않을 것이다. 최소 생산부장 이상은 만나 협의할 것이니, 이 또한 그에게는 어깨에 힘이 들어가는 일이고, 그의 뽕은 곧 자신에게 충성으로 이어질 것을 잘 아는 까닭에, 태호는 부하들에게 힘을 실어주고 있는 것이다.

자신 또한 그만큼 편해지기 때문에 혼자 북 치고 장구 치고 하지 않는다는 말이다. 요는 자신은 중요한 일만 결정해 주고, 나머지는 하향 일임해 주는 방식을 택하고 있다는 것이다. 아무튼 그가 나가자마자 다시 노크 소리가 들리더니 이번에는 1차장 조동화가 문을 열고 들어왔다.

"기쁜 소식입니다, 실장님!"

"뭔데 그렇게 싱글벙글하오?"

"드디어 맛난 치킨 개발을 매뉴얼화하는 데 성공했습니다, 실장님!"

"짰소?"

"네?"

어안이 벙벙한 그를 향해 태호가 웃으며 말했다.

"2팀에서 맥콜이다 자일리톨 껌이다 해서 매일 신제품 개발이 끝났다고 알려오고 있는데, 1팀마저 그러니 꼭 짠 느낌이라 그러오."

"하하하! 전 또 뭐라고요."

호탕하게 웃은 그가 계속해서 말했다.

"한번 맛을 보시겠습니까? 실장님!"

"아니!"

또 한 번 놀란 토끼 눈이 되는 그를 보고 태호가 웃으며 물었다.

"맛도 균일해야 되지 않겠소?"

"물론이죠."

"그렇다면 오늘 퇴근 전에 그 맛을 테스트하기로 하죠."

"혹시 회식입니까?"

"그렇소."

"헤헤헤! 부하들이 매우 좋아할 것 같습니다."

"연구실에서는 별로 안 좋아할 건데요?"

"그들은 그들이고, 우리는 우리지 않습니까?"

"하여튼 알았으니 그렇게 지시하시오."

"네, 실장님!"

"한데 신라면 개발 건은 어떻게 되어가고 있습니까?"

"태양초와 후추를 일정 비율로 섞어 매운맛을 내는 데는 성공했지만, 균일화 문제까지는 아직 해결하지 못했습니다."

"이유가 뭐요? 스프 맛이 봉지마다 달라서는 상품이라고 할 수가 없잖소?"

"연구실에서 그 원인을 분석 중이라고 합니다."

"속히 해결해서 한국야쿠르트에서 라면을 출시하기 전에 우리가 꼭 먼저 출시를 해야 하오."

"한국야쿠르트에서도 라면사업에 진출합니까? 실장님!"

"그런 정보가 있으니 서둘러야 한단 말이오."

"그대로 전하겠습니다. 실장님!"

고개를 끄덕인 태호가 물었다.

"차는 한잔했소?"

"마셨지만 실장님이 주신다면 한 잔 더 하고 싶습니다."

조동화의 말에 태호가 이 양을 바라보며 말했다.

"이 양 들었지?"

"못 들었는데요?"

분명 들은 것 같은데 어제 일의 여파인지 냉담하게 말하는 그녀를 보고 쓴웃음을 지으며 태호가 말했다.

"여기 커피 두 잔 부탁해."

"네."

간단하게 답한 이 양이 누구 보라는 것인지 오늘따라 유난히 히프를 좌우로 요란스럽게 씰룩이며 한쪽 구석으로 향했다.

$$* \qquad * \qquad *$$

다음 날 아침 오전 7시 30분.

태호가 사무실에 출근하자마자 전화벨이 요란하게 울렸다. 이 양도 아직 출근하기 전이라 태호는 빠른 동작으로 이 양 책상으로 다가가 전화기를 집어 들었다.

"네, 전략 기획실입니다."

─태호냐?

"네, 어머니!"

─밥은 안 거르고?

"네, 잘 지내고 있습니다. 어머니! 농사짓느라고 고생 많으시죠?"

─아직은 일철이 아니라 나서지 않아 한가하다.

"할머니는요? 건강하시죠?"

─무탈하시다. 그보다 나는 네 동생이 걱정이다.

"왜요?"

─둘째 성호 말이다. 올 이월에 고등학교는 졸업했는데, 작년에 실습 나간 작은 공장에 계속 근무하려고 하니 봉급이 너무 적단다.

"아, 그렇지? 성호가 졸업반이었지. 신경 못 써 죄송합니다. 어머니!"

─작은 공장에서 선반인가 시렁인가 뭔가를 만진다는데 봉급도 작고 에이, 동네 사람들한테는 그래도 네가 서울로 데리고 올라가 큰 공장에 취직시켜 줬다고 자랑했는데, 동네 사람이 알까 무섭다.

"어머니, 너무 걱정 마세요. 성호 문제는 제가 빠른 시일 내에 해결해 드릴게요."

─그래야 형제지간에도 우애가 있는 법이여.

"알겠습니다. 어머니! 믿고 기다리세요."

─그래. 이 어미는 우리 장남만 믿는다.

"네, 어머니!"

이때 이 양의 문을 열고 들어왔다.

"끊습니다. 어머니!"

─그래, 그래!

태호가 곧 전화를 끊자 이 양이 입을 삐죽삐죽하며 말했다.

"설마 옛 애인과 통화하다가 내가 들어오자 얼른 끊는 건 아니죠?"

"내 말 못 들었어? 어머니라 부르는 것?"

"에이, 그야 그렇게 하고 끊으면 상대편도 무슨 일이 있구나 하고 끊어도 양해하죠."

"아예 소설을 써라, 소설을."

태호의 말에 이 양이 갑자기 윙크까지 하며 방긋 웃더니 물었다.

"커피 한 잔 드릴까요? 실장님~!"

몸마저 배배 꼬며 말하자 태호가 퉁명스럽게 물었다.

"아침부터 뭘 잘못 먹었어?"

"사람이 이렇게 눈치가 없으니 무슨 진도를 나가겠어? 회장

따님에게 차이지나 않으면 다행이지."

"참나……!"

어이없어하는 태호를 아랑곳하지 않고 오늘도 이 양은 제법 발달한 히프를 씰룩이며 차를 타러 한쪽 구석으로 갔다.

이 양이 타온 차를 마시며 태호는 한동안 동생들 생각에 잠겼다. 여동생 경순은 지금도 얻어준 월세 방에 살며 공부에 매진 중이었다. 열심히 학원을 다니며 검정고시 준비를 하고 있는 것이다.

그런 동생을 위해 태호는 매달 15만 원을 송금해 주고 있었다. 기왕 돈 이야기가 나와 이야기하자면 집에도 매달 10만 원씩을 부쳐주고 있었다. 그리고 25만 원은 정기적금을 들어 꼬박꼬박 저금을 하고 있었다.

지금 시대와 달리 이 당시는 적금 이자가 연 18.5%로 매우 높았다. 참고로 대출금리는 20%인데 수출입은행의 수출금융은 8%로 12%나 차이가 나, 여하히 정책 자금을 끌어다 쓰느냐는 것이 기업인들의 화두가 되고 있는 시대였다.

그러니까 태호의 용돈은 매달 10만 원밖에 되지 않았지만 큰 애로를 느끼지 못하며 살고 있었다. 아무튼 경순에게 그렇게 적극적으로 지원하면서 둘째 동생은 방치했느냐 하면 꼭 그런 것만도 아니었다.

어머니와의 전화 통화에서는 사정을 잘 모르는 척했지만 동생이 어떤 처지인지는 누구보다 잘 알고 있었다. 하여튼 동생을 그렇게 방치하다시피 내버려 둔 것은 태호 나름대로 복안이 있었기 때문이다.

그것을 실행하기 위해 태호는 1팀장 조동화를 불러 특별히 연구소에 치킨 다섯 마리를 주문했다. 그것도 골고루 만들도록 했다. 매운 맛, 달콤한 맛, 매우면서도 달콤한 맛, 후라이드 등 네 종류에 달콤한 맛 한 마리를 더 가져오도록 한 것이다.

위의 4종이 프랜차이즈 팀 연구소에서 금번에 개발한 치킨이었다.

그러고 보니 막냇동생 승호의 안부를 묻지 않았지만 그도 금번에 청주에 있는 충북고등학교에 입학을 하게 되어 있었다.

이렇게 시작된 하루가 어느덧 퇴근 시간 무렵이 다 되어가자 태호는 집에 전화를 해 저녁을 짓지 말 것을 부탁했다. 그리고 바로 집으로 퇴근했다. 회장이 퇴근했다는 소식을 듣고 나서의 퇴근이라 그보다는 10분 늦은 퇴근이었다.

태호가 차에서 내려 5인분 치킨을 들고 과장되게 낑낑거리며 안으로 들고 들어가니 앉아 있던 네 사람이 모두 폭소를 터뜨렸다.

이미 저녁을 하지 말라 할 때 치킨을 가지고 간다고 공지했기 때문에, 그가 무엇을 들고 그러는지는 모두 알고 있었기 때문이다.

아무튼 효주와 가정부 아줌마까지 네 사람이 앉아 있는 거실에는 이미 교자상이 펴져 있었다. 태호는 곧 치킨을 교자상에 풀어놓으며 말했다.

"이것이 금번에 프랜차이즈 팀에서 개발한 통닭입니다. 골고루 맛을 보시고 솔직하게 품평해 주시면 감사하겠습니다."

태호의 말을 받아 이 회장이 말했다.

"그러니까 우리가 심사 위원이란 말이지?"

"네. 그러니까 정확히 품평해 주어야만 더 보태고 빼고 해서 개선할 여지가 있는 것입니다. 참고로 어제 기획실의 품평회에서는 모두 만족감을 드러냈다는 것을 알려 드리겠습니다."

"그 말은 선입관을 갖게 해 심사에 지장이 있는데?"

"호호호!"

이 회장의 말에 박 여사만이 웃음을 터뜨리는 가운데 이 회장이 먼저 매운 맛의 치킨에 손을 댔다. 그리고 천천히 맛을 음미하며 씹기 시작했다.

그러자 박 여사는 매우면서도 달콤한 맛에 손을 가져갔고, 효주는 아직도 망설이고 있었다. 이 모양을 보고 이 회장이 말했다.

"효주야!"

"네."

"통닭은 말이야, 자고로 이렇게 아비마냥 손으로 뜯고 닦는 게 제맛을 느낄 수 있는 것이야. 괜히 어쭙잖게 젓가락이다 휴지다 들고 설치는 인간 치고 통닭 맛 제대로 아는 인간 못 봤으니까."

부모만큼 자식 제대로 아는 인간 없다고 효주가 왜 망설이는지를 콕 집어 말하니, 효주도 마지못해 달콤한 맛의 치킨 한 조각을 들어 입에 넣고 오물거리기 시작했다.

그러자 가정부 아주머니가 비로소 후라이드 한 조각을 들고 자리에서 일어났다.

시선은 그녀를 따라가며 태호도 매우면서도 달콤한 치킨 한 조각을 집으려는데, 예비 장모가 얼른 다리 쪽 한 조각을 집어 들고 말했다.

"날개 먹지 말고 이걸 드시게."

하필 태호가 집은 것이 날개였던 모양이었다. 이렇게 각자가 맛을 보고 있는데 제일 먼저 시식을 한 이 회장이 가정부가 가져온 휴지에 손을 닦으며 말했다.

"매운 걸 좋아하는 나도 얼얼한 편인데?"

"너무 맵다는 뜻입니까?"

"그러면서도 이렇게 또 손이 가네."

"하하하!"

"호호호!"

재치 있는 그의 화법에 태호와 박 여사가 웃음을 터뜨리고 효주는 빙긋, 가정부 아줌마는 소리가 날 새라 입을 틀어막고 웃고 있었다.

"장모님은 어떠십니까?"

태호의 말에 효주가 곱게 눈을 흘기는데 박 여사가 말했다.

"매우면서도 달달한 게 나도 자꾸 손이 간다네."

"하하하!"

박 여사의 말에 사내 둘이 대소를 터뜨리는 가운데 효주도 자진 납세(?)했다.

"맛이 괜찮아요."

"괜찮다는 게 뭐냐? 어중간하잖아? 맛있으면 있다, 맛없으면 없다로 확실히 표현해 봐."

이 회장의 말에 박 여사가 핀잔을 주었다.

"별걸 다 가지고 트집이세요."

"매사를 확실히 표현해야 할 것 아니야. 그러니 사위와의 관계도 그렇지. 뜨뜻미지근하게 호불호를 표현하지 않고 저리고 있으니 답답해서 말이야."

"왜 또 화제가 그리로 가요."

회장 부부가 다투려 하자 태호가 중간에 얼른 개입했다.

"이 자리는 분명 통닭 품평회 자리라 했으니 드시고 맛부터 평가해 주십쇼."

그러나 효주가 자리에서 발딱 일어나 2층으로 향하는 바람에 분위기가 깨지기 일보 직전이었다. 이에 태호가 그녀를 불렀다.

"효주 씨!"

그녀가 말없이 서서 고개만 돌려 태호 쪽을 바라보았다. 태호가 계속해서 말했다.

"잠시 정원이나 산책하시죠?"

말없이 고개를 끄덕인 그녀가 현관 쪽으로 향하자 태호는 달콤한 맛 1인분을 들고 이 회장 부부를 향해 말했다.

"평가는 제가 들어온 후에 해주시고, 우리 둘은 이 맛에 대한 평가를 하러 가겠습니다. 양해 부탁드립니다."

"어서 가봐."

"네, 회장님!"

태호는 곧 효주를 따라 밖으로 나왔다.

그가 퇴근할 때만 해도 서쪽에서 숨을 고르고 있던 태양은 어느덧 자취를 감추고 주위는 어둠의 장막이 드리워 있었다. 아니, 더 정확한 표현으로는 주변의 수은등으로 인해 푸르게 빛나고 있었다.

누런 잔디밭 한가운데서 우두커니 서 있던 그녀는 태호가 가까이 오자 말했다.

"해가 지니 쌀쌀하네요."

"아직도 겨울이죠. 우리 저쪽으로 가 치킨 먹으며 이야기합시다."

"추워서 싫어요. 하고 싶은 이야기나 하세요."

곧 들어갈 기세인 그녀를 보고 태호가 조금 망설이다 입을 떼었다.

"계절의 여왕이라는 5월쯤에 우리의 혼례를 한번 진지하게 검토해 보는 것은 어떻습니까? 효주 씨!"

"음……! 가을쯤에 한번 생각해 볼게요."

"알겠습니다."

"나 취직할까 봐요."

"그게 무슨 말입니까?"

"요즘 같으면 사는 게 너무 따분해요. 사는 보람을 못 느끼겠단 말이에요."

"기획실로 들어오는 건 어떻습니까?"

"그건 싫어요!"

"왜요?"

"함께 근무하면 싸울 것 같아서요."

"허허, 거참……!"

"애늙은이 웃음 같아요."

"그런 말 많이 듣습니다. 장남이고 집안이 가난하다 보니 일찍 철이 들어서 그런 모양입니다."

"참, 여동생은 잘 있어요?"

"열심히 공부하고 있습니다."

"누구는 그렇게 열심히 사는데……."

"정 그러시면 사내 출근도 한번 진지하게 검토해 보시죠?"

"네, 우리 그만 들어가요."

"그럴까요? 그런데 맛은 정말 어떻습니까?"

"좋아요!"

"하하하!"

"왜 웃죠?"

"이번에는 호불호를 분명하게 표현한 것 같아서요."

"그렇게 됐나요?"

그녀 또한 무의식중에 아비의 말을 따르고 있음을 알고 어이없는 웃음을 지었다.

둘은 곧 실내로 들어왔고, 효주는 그대로 2층으로 향했다. 이를 보고 이 회장이 말했다.

"저 녀석이!"

"왜 또 그래요?"

"그대로 올라가면 어떻게 해? 배고플 건데."

"좀 있다 내가 챙겨줄게요."

"그러던지."

이때 태호가 이 회장을 보고 정색을 하고 말했다.

"회장님, 부탁드릴 게 있습니다."

"뭔데?"

"참, 그 전에 통닭 맛부터 물어야겠네요."

"맛이 아주 좋아! 그대로 진행해도 되겠어. 당신 생각은 어때?"

"저 역시 먹어본 통닭 중 최고예요."

박 여사의 말에 이 회장의 시선이 가정부 아줌마에게 향했다.

"정말 맛나요. 근래 제일 맛있게 먹은 것 같아요."

"들었지?"

"이대로 진행하면 되겠네요."

"물론!"

"이렇게 되면 프랜차이즈 팀을 별도 법인화해 인력도 대거 충원해야 하지 않겠습니까?"

"물론이지."

"그래서 드리는 말씀입니다만, 제 둘째 동생이 금번에 고등 학교를 졸업했습니다. 형편이 어려워 공고를 나왔지만 금번 발족하는 프랜차이즈회사에 취직시키고 싶은데, 회장님 의향은 어떠십니까?"

"여동생도 그만뒀다며?"

"네, 공부와 일을 병행하기 어렵다고 해서."

"기왕이면 좋은 부서로 발령 내는 게 어떻겠나?"

"아닙니다. 제 생각으로는 일찍 프랜차이즈회사에 몸담았다가, 돈을 좀 모으면 청주에 가맹점 하나를 내주고 싶습니다. 그러면 평생 밥벌이는 되지 않겠습니까?"

"자네는 나와 근본적으로 생각이 다르군."

"네?"

"나는 말이야. 살다 보면 누가 뭐래도 피붙이만 한 게 없다고 생각하는 사람이야. 그런데 자네는 자꾸 동생들을 멀리하려는 것 같아서 말이지."

"혹여 저를 믿고 어깨에 힘이나 주고 다니고, 사고라도 치고 다니면 낭패다 싶어서요."

"지나친 근심 아닐까?"

"일단 제 생각은 그렇습니다. 그리고 하는 짓이 정말 싹수가 있다면 그때 가서 다시 한번 생각해 보겠습니다."

"확실히 자네가 경영자 감이야. 사생활에도 빈틈이 없으니 말이지."

"감사합니다."

"됐고. 저녁!"

"네? 아니, 통닭 드셨으면 됐지 무슨 또 저녁을 찾으세요?"

"고기와 밥은 다른 법이야. 엄연히 고기 배 따로 있고 밥 배 따로 있으니 말이야."

"참 내······!"

어이없어 하면서도 박 여사도 자리에서 일어나, 앞서간 가정부 아주머니의 뒤를 따르고 있었다.

*　　　　*　　　　*

다음 날 아침.

태호는 업무를 시작하자마자 1팀장 조동화를 불러들였다.

"회장님의 평가도 괜찮았소."

이 말을 하고 태호는 이 회장이 효주한테 했던 말이 떠올라 잠시 멈칫했다가 계속해서 발언을 했다.

"하지만 자만은 금물이오. 모두 우리 식구들이니 상대적으로 평가가 후할 수밖에 없었단 말이오. 하니 외부인들을 불러들여 여러 차례 평가를 받아보고 그들마저 후한 점수를 준다면, 그때 가서 정식으로 법인화하고 신규 인력도 뽑는 것으로 합시다."

"알겠습니다, 실장님!"

"그리고 햄버거나 감자튀김 등의 메뉴도 계속 개발하되, 서양식만 따르지 말고 우리 고유의 음식도 개발하도록 하시오.

예를 들면 불고기 버거라든지, 라이스 버거, 김치 버거 등 우리 한국인들의 입맛에 맞는 상품도 적극 개발하도록 해주시오."

"알겠습니다. 실장님!"

"내 말은 여기까지요."

"네."

1팀장이 자리에서 일어나는데 뒤늦게 이 양이 커피를 내왔다. 그래서 태호가 손짓으로 그에게 다시 앉으라 지시하는데 밖에서 노크 소리가 들려왔다.

"2팀장입니다. 실장님!"

"들어오세요."

"네, 실장님!"

이를 지켜본 조동화가 자리에서 일어나며 말했다.

"이 커피는 2팀장 주세요. 저는 나가 마시도록 하겠습니다. 실장님!"

"편할 대로 하세요."

곧 두 사람이 교대를 했다. 태호 맞은편 자리에 앉은 김찬기가 웃음이 만면한 얼굴로 태호를 불렀다.

"실장님!"

"……."

왜 그러느냐고 태호가 눈으로만 묻자 그가 곧 들고 들어온 것을 꺼내놓으며 말했다.

"한번 맛보십시오."

"이번에는 뭔데요?"

제2장

잇따른 히트 상품

태호는 말과 함께 얼음 봉지 속에 든 놈을 꺼내보았다. 아이스크림이었다. 그냥 일반 아이스크림이 아닌 태호가 개발을 지시한 고급 제품이었다.

소위 '빵빠레'라는 제품과 '월드콘'이라 미리 작명한 부드러우면서도 달콤한 고급 제품이었다. 태호가 시중의 아이스크림을 조사하다 보니 아직 출현하지 않아 개발을 지시한 제품이었다.

"이 양, 이리 와봐."

"네."

분위기를 보아하니 실장이라는 녀석이 무엇을 지시할 것인지 금방 눈치를 챈 그녀가 잽싸게 소파로 다가왔다.

"이것 한번 맛보고 평가 좀 해줘."

"네, 실장님!"

태호는 그녀에게 빵빠레를 권하고 자신은 월드콘을 집어 들어 겉 포장을 뜯었다.

먹기 전에 모양부터 요모조모 뜯어보던 태호가 바로 지적을 했다.

"이 아이스크림을 둘러싼 와플 같은 부분 말이오."

"말씀하시죠."

"이 상태 말고 초코맛으로 둘러싸는 방법도 강구해 보세요. 저 빵빠레도 초코맛, 바닐라 맛, 수박 맛 등 다양한 제품군을 만들고."

"네, 실장님!"

이어 태호는 빠르게 내용물을 맛보더니 순식간에 다 먹어치우고 말했다.

"내용물 중에는 말이오. 땅콩이라든지 호두, 잣 등의 작은 조각을 넣어 씹히는 질감을 더 살려줬으면 좋겠소."

"알겠습니다, 실장님!"

곧 시선을 이 양에게 옮기니 이 양은 전혀 진도가 나가지 않고 있었다. 아직도 신성한 의식을 진행하듯 끝 부분만 열심히 핥고 있는 그녀를 향해 태호가 물었다.

"맛이 어때?"

"좋아요! 부드러운 게 정말 맛나네요."

말이 끝나자 혀에 묻은 아이스크림을 자랑이라도 하듯 혀를 날름 내밀었다.

소위 메롱~ 하며 놀리는 듯해 2팀장이 얼른 시선을 피하고, 태호로서도 어이없는 웃음을 짓지 않을 수 없었다.

＊　　　＊　　　＊

김찬기가 나가자 정보부장 정태화가 기다렸다는 듯 들어왔다. 그를 보고 태호가 물었다.

"조용필 광고 건은 어떻게 됐습니까?"

"돈의 액수가 있는 만큼 당연히 승낙했습니다. 오늘 제가 보고드리려는 것은 페트병 건입니다."

"아, 그건 어떻게 됐소?"

"우리나라에도 한미프라콘이라고 페트병을 제조하려는 회사가 있습니다. 작년에 설립했으나 자본금도 달리고 여러 악조건으로 인해 아직 생산은 못하고 있지만, 그 사장을 만나보니 열의와 진정성이 느껴졌습니다."

"그래요?"

"한 사장의 말로는 5천 정도만 투자해 준다면 금년 내에 확실히 페트병을 제조할 수 있다고 우리 그룹의 투자 의향을 물어봤습니다."

"흐흠……!"

잠시 생각하던 태호가 말했다.

"요는 그들이 정말 페트병을 생산해 낼 수 있는 기술력이 있는 것인가가 관건이 아니겠소? 어떻소? 그들이 그런 기술력이 있다고 보세요?"

"공장까지 둘러본 제 개인적 소견으로는 금년 내에 생산이 충분히 가능하다고 봅니다. 아니, 좀 더 앞당겨질 수도 있다고 판단되어집니다."

"하면 우리에게 지분을 얼마나 주겠다는 것이오?"

"40%랍니다."

"흐흠……! 좋소! 실수하면 안 되니, 부장님께서 그들의 기술력과 과연 그들이 우리가 5천을 투자했는데도 6할의 지분을 가져야만 하는지, 종합적으로 한 번 더 세밀한 조사를 한 후에 다시 한번 이야기합시다."

"네, 실장님!"

"초정의 용지 매입 건은 어떻게 진행되고 있습니까?"

"우리의 대규모 매입이 알음알음 알려져 가격을 더 올려 받으려는지 요즈음은 안 팔겠다는 사람들이 계속 늘어나고 있습니다."

"그래서는 안 되지. 회장님도 큰 관심을 갖고 지켜보는 사항으로 토지 매입부터 끝내야 되는데 골치 아프군. 그렇다면 이렇게 합시다. 주변 시세보다 천 원씩을 더 주더라도 빨리 매입을 끝내세요."

"그렇게 되면 기존에 판 사람들의 반발이 있지 않을까요?"

"그 사람들에게는 우리의 공장이 준공되면 자녀나 본인 등 누구든 상관없이 제일 먼저 우리 회사에 근무할 수 있는 혜택을 주겠다고 설득하세요. 많은 생산직 사원이 필요할 테니까 말이에요."

"알겠습니다. 실장님!"

"편 부사장 건은?"

"확실한 물증을 잡을 때까지 좀 더 시간을 주십시오."

"알겠소."

곧 정태호가 물러가자 태호는 곧장 회장실로 들어가 페트병에 대한 보고를 했다. 그리고 점심시간이 다 되어갈 무렵이었다. ㈜삼원건설로 바뀐 건설부사장 문창수가 여전한 점퍼 차림으로 들어왔다. 단지 점퍼는 점퍼이되 회사의 로고와 이름이 새겨진 새 점퍼였다.

"어쩐 일이십니까?"

"곧 날도 풀릴 텐데, 일감이 없어서……."

"아, 그 문제는 걱정 말아요. 곧 초정에 대규모 공장을 지을 예정이니까요."

"잘됐군요."

밝은 얼굴로 답하는 그를 보고 태호가 말했다.

"이미 확보한 용지도 있으니 그곳으로 장비를 옮기는 게 어떻겠습니까?"

"당연히 그래야지요."

"곧 점심시간인데 식사나 하러 갑시다."

"네, 실장님!"

태호는 곧 문창수와 함께 식사를 하러 가는데 이 양이 급히 뒤를 따라왔다. 식당으로 가며 태호는 생각했다. 이 회사를 인수하고 나서 본사 내에 지은 연구소를 이들이 지었다.

그리고 동절기를 맞아 잠시 휴식을 취했다가 초정 공사로 이어지는 것이지만 앞으로의 일감도 걱정이 되었다. 그래서 태호는 건설 일거리도 생각해야겠다고 생각하며 빠르게 걸음을 옮겼다.

머지않아 구내식당에 도착한 일행은 조금 이른 시간이라 바로 배식을 받아 식사를 하기 시작했다. 그런데 갑자기 식사 도중 태호의 젓가락이 멈췄다. 김치를 집던 중이었다.

젓가락질을 하다 갑자기 젓가락을 닮은 막대 과자 빼빼로가 생각난 것이다. 제일 먼저 지시해, 과자의 성질상 벌써 개발이 되었어야 할 이 제품이 아직 개발되지 않았다는 데 생각이 미쳤다. 태호는 고개를 갸우뚱하며 오후에는 이에 대해 물어보아야겠다는 생각을 하며 다시 식사를 하기 시작했다.

오후 1시.

오후 업무가 시작되자마자 태호는 개발을 지시받은 2팀장 김찬기를 자신의 방으로 불러들였다. 그가 들어와 앉자마자 대뜸 물었다.

"막대 과자 개발 건은 어떻게 되어가고 있소?"

"아, 벌써 개발이 끝났습니다."

"그런데 왜 보고를 안 하오?"

"개발은 진즉에 끝났으나, 여러 모양을 만들어보고 있고, 착색도 다양하게 시험하는 중이라 아직 보고를 못 드렸습니다."

"내가 말한 대로 이미 기본 사양에 대해서는 개발이 확실히 끝났다는 얘기죠?"

"그렇습니다, 실장님!"

"하면 지금 바로 가서 개발된 제품을 가지고 와보시오."

"네, 실장님!"

대답을 마치자마자 김찬기는 바로 일어나 연구소로 향했다.

그로부터 20분 후.

김찬기가 두 개의 샘플을 가져왔다. 이에 태호가 곽 하나를 열어보니 둥글지만 밋밋한 초코를 입힌 막대 과자였다. 물론 본래 빼빼로 형태로 4/5는 황색이었고, 1/5은 초코색이었다.

이어 태호가 또 다른 곽을 열어 보니 이번에는 반대 착색으로 초코 부분이 4/5를 차지하는데 울퉁불퉁한 질감을 살린 제품이었다. 만족한 표정으로 고개를 끄덕인 태호가 갑자기 이 양을 불렀다.

"이 양!"

"네, 실장님!"

"이쪽으로 와봐."

"네~!"

대답을 길게 끌며 이 양이 소파 곁으로 오자 태호가 말했다.

"나랑 게임 한번 하자."

"뭔데요?"

"이 양이 이 과자의 초코 부분을 입으로 물고 있는 거야. 그러면 내가 먹으며 전진할게. 그러다 입술 가까이 갔을 때 이 양이 눈을 감으면 지는 것이고, 아니면 이기는 거야."

"우와~ 재미있겠다. 그런데 내기가 걸려야 더 재미있을 것 같은데요?"

"무슨 내기?"

"음……! 퇴근 후 지는 사람이 술 사기."

"그건 좀……!"

"남자가 쩨쩨하게……."

"알았다. 알았어!"

남자의 자존심을 긁으니 어쩔 수 없이 태호가 승낙하자, 곁에 있던 김 팀장이 아주 흥미진진한 표정으로 두 사람을 지켜보기 시작했다.

태호도 김 팀장의 그런 표정을 보았으나 무시하고 빼빼로 하나를 빼 그녀에게 건네며 말했다.

"우선 물고 있어."

"네."

곧 이 양이 빼빼로 끝부분을 물고 눈을 감았다.

"벌써 감으면 어떻게 해?"

빼빼로를 빼낸 이 양이 답했다.

"알았어요."

다시 빼빼로를 입에 문 이 양이 이번에는 아예 눈을 부릅떴다. 이 모습에 김 팀장이 자신도 모르게 폭소를 터뜨리고, 태호도 또한 웃음을 터뜨리지 않을 수 없었다.

"하하하!"

그러나 이 양은 전혀 웃지 않고 오히려 화를 냈다.

"빨리 시작이나 하세요."

말을 끝낸 이 양이 다시 빼빼로를 입에 물고 정상적인 눈으로 조용히 뜨고 있자, 이제 태호가 먹으며 접근할 차례였다.

그러나 막상 시작을 하려니 그것이 잘 되지 않았다. 그래서 태호가 순간적으로 망설이고 있는데 이 양이 다시 과자를 빼더니 말했다.

"지금 떨고 있어요?"

"무슨 소리! 어서 물어!"

"네!"

호기롭게 말한 태호가 이번에는 정말 바로 달려들어 막대 과자를 처음에는 빠르게, 그러나 조금 지나자 아주 천천히 씹어가기 시작했다.

그러길 얼마.

이 양으로서는 눈 깜짝할 순간이 수 시간같이 길게 느껴지는 속에서 벌써 태호의 입술은 막대의 절반을 넘어서 있었다.

그러자 눈을 내리깔고 이를 바라보고 있던 이 양의 몸이 움찔대기 시작했다. 그럴수록 태호는 더욱 천천히 그녀의 입술을 향해 접근해 갔다. 그리고 이내 정말 그녀의 입술 가까이 접근해 서로의 호흡이 느껴질 정도가 되자, 이 양이 자신도 모르게 눈을 감았다고 생각한 순간, 바로 눈을 부릅떴다.

"푸하……!"

"이, 이이······!"

그 모습이 얼마나 우스운지 웃음을 참지 못한 태호가 그녀의 얼굴에 빼빼로 조각을 뿜어냈고, 이 양이 얼굴을 털어내며 씩씩거렸다.

그러나 태호는 아랑곳 않고 김 팀장에게 물었다.

"봤지? 봤지요? 이 양이 눈 감는 것."

"네, 실장님!"

이에 이 양이 화를 발칵 내며 말했다.

"감기는 누가 감았다고 그래요? 절대 안 감았거든요. 오히려 눈 부릅뜬 것 봤지요?"

이 양 또한 김 팀장을 바라보며 자신의 편을 들어주길 바랐으나 고지식한 김 팀장은 고개를 흔들며 태호의 승리를 선언했다.

"순간적으로 확실히 눈을 감았다 다시 떴습니다."

그러자 이 양이 버럭 소리 질렀다.

"이 내기 무효예요."

"그래?"

태호의 비릿한 미소를 본 이 양이 다시 급히 정정했다.

"아, 아니에요. 내가 졌어요. 퇴근 후 내가 술 살게요."

"안 사도 돼."

"아니, 꼭 살 테니까 억지 부리지 마세요."

"가벼운 지갑 축낼 필요 없어."

"꼭 산다는데 왜 그러세요?"

울상을 짓는 이 양을 보고 태호가 정색을 하고 말했다.

"지금 우리가 한 행동 그대로를 TV광고로 낼 거야. 그러면 젊은이들한테 폭발적인 반응을 얻지 않겠어?"

대답은 오히려 엉뚱한 김 팀장이 했다.

"틀림없이 폭발적인 반응을 얻을 것 같습니다."

김 팀장의 말에 태호가 빙긋 웃으며 말했다.

"위와 같은 내용을 회장님께 보다 실감나게 보이기 위해 이 양과 먼저 연습을 해본 건데 어떻게 생각하세요?"

"음······! 아무래도 연세가 있으시니 그 앞에서 지금과 같이 시연했다가는, 큰 책망을 들을 것 같습니다."

"그래요?"

태호뿐만 아니라 이 양도 크게 실망하는 표정을 짓는 가운데 태호가 중얼거리듯 말했다.

"말로만 자세히 설명해야겠군."

곧 김 팀장을 내보낸 태호는 곧장 빼빼로 두 곽을 집어 들고 회장실로 향했다.

똑똑!

"들어와요."

곧 태호가 회장실 안으로 들어서자 소파에 앉아 신문을 뒤적이고 있던 이 회장이 지나가는 말투 비슷하게 말했다.

"세계에서 제일 신장이 큰 여인이 2m 31㎝라는군."

"어느 나라 사람입니까?"

"미국!"

답하며 시선을 들어 태호를 바라본 이 회장이 물었다.

"그건 또 뭔가?"

"막대 과자라고 새로 개발한 제품입니다. 회장님!"

"허허, 자네가 들어와 연구소가 활발히 돌아가기 시작하니 하루가 멀다고 신제품이 쏟아져 나오는구만."

새로 출시될 제품이 어떤 성과를 거두던 일단은 이 회장의 말대로 정말 하루가 멀다하고 신제품이 쏟아져 나오니 기분이 좋은 모양이었다.

그런 그에게 태호는 막대 과자를 꺼내 보여주며 물었다.

"생긴 게 길쭉길쭉 막대 같지 않습니까?"

"그렇군."

"그래서 마른 모양을 나타내는 '빼빼로'로 작명을 했고요. 이 신제품은 특히 젊은이들 사이에서 폭발적인 인기를 끌 겁니다."

이렇게 말한 태호는 이 양과 한 게임 내용을 자세히 설명했다. 이에 이 회장은 듣기 거북하다는 듯 '어허!' 소리를 연발하면서도 설명을 듣는 내내 즐거운 표정을 지었다.

그런 그에게 태호가 또 물었다.

"이것이 또한 숫자 1과 닮지 않았습니까?"

"그 말을 듣고 보니 그렇기도 하군."

"그래서 저는 남녀의 게임 장면을 TV에 대대적으로 광고하는 한편, 11월 11일을 '빼빼로 데이'로 정해, 이날만은 이 과자를 남녀가 서로에게 선물해 둘의 사랑과 우정을 확인하고 기념하는 날로 만들려 합니다."

"허허, 정말 기발한 아이디어군."

"이렇게 되면 이 과자 하나로 연간 최소 100억 이상의 매출을 올리리라 확신합니다, 회장님!"

태호의 말은 절대 허언이 아니었다. 허언이 아니라 상당히 많이 축소 보고한 것이다. 이 제품을 발매한 회사의 판매고를 보면 2016년 기준, 이 제품 하나만으로 연간 약 1,100억 원의 매출을 올려, 국내 초코 비스킷 과자 시장에서 최고의 실적을 거뒀다.

그러니 세월의 간격이 있다지만 연 100억 매출은 거뜬히 뛰어넘을 것이라는 게 태호의 예상이었다. 아무튼 태호의 말에 이 회장이 기쁜 표정을 지으며 말했다.

"뛰어난 발상과 제품이야. 자네 말대로 그렇게 대대적으로 선전하는 것은 좋은데, 선정성 때문에 방송 심의 위원회 기준에 걸리는 것은 아닌지 모르겠어?"

"그렇게 되면 조금 완화해 찍는 것으로 하겠습니다."

"일단 알았으니 소신껏 밀고 나가 봐."

"네, 회장님!"

"참, 광산이 팔렸네."

"그렇습니까? 그것참 잘됐네요."

'얼마에 파셨습니까?'라고 태호가 묻기도 전에 이 회장이 답했다.

"양 광산을 합쳐 봐야 20억 가치밖에 안 된다는 것이 광산업계의 중론이야. 한데 자네가 추가 매장량 200만 톤을 확보해 주는 바람에 10억 정도의 가치가 더 상승했어. 그러고 보면 이 일 하나만으로도 자네는 우리 그룹 웬만한 임원이나 방계회사 사장이 평생 벌어들일 이익금보다 많은 돈을 남겨줬어."

이 회장이 태호를 살펴보더니 말했다.

"어, 자네, 그 표정은 뭔가? 200만 톤의 매장량을 확보해 줬는데 겨우 10억 가치밖에 상승하지 않았느냐고 의문을 갖는 모양이군. 자네가 확실히 파악하고 있는지 몰라도, 석탄 공사 같은 경우는 생산하면 할수록 적자야."

"네?"

"점점 심부화되어 채탄원가가 급격히 상승한 것이 그 원인이지. 300m를 기준으로 600m가 되면 생산원가가 약 2.5배 더 상승해. 그런데 석공 같은 경우 오래 파먹다 보니 점점 더 지하 깊숙이 파고드는 바람에, 보통 지하 900m 이상에서 채탄이 이루어지고 있어. 그러니 적자가 날 수밖에. 그래도 다행히 정부에서 톤당 1천 원씩을 보조해 주는 바람에 간신히 적자는 면하고 있지. 우리 광산도 별반 다르지 않아. 그래도 석공보다는 심부화가 덜 진행되어 정보 보조금이 남는 정도야."

"그러면 톤당 1천 원이 남는다는 말입니까?"

"그런 셈이지."

"그럼, 200만 톤이면 20억 원 정도 남는다는 이야기인데……?"

"매장량이라고 해서 다 캐 먹을 수 있는 것도 아니고, 그들도 남겨 먹어야 하니 10억 원을 그들이 더 쓴 거야. 그것도 요즘 매일 신문과 방송에서 석탄가를 현실화해야 된다고 떠드는 바람에 그걸 믿고 산 측면이 많아. 일본만 해도 톤당 1만 원을 보조해 주는데 톤당 천 원은 너무 현실과 동떨어진 이야기고, 우리나라 자체가 저탄가 정책을 쓰는 바람에 국제 시세의 절반밖에 안 되니 문제지. 그렇다고 마냥 올릴 수도 없는 것이 석탄가야. 곧 국민 연료, 아니, 서민 연료라는 것이 더 적합하겠지만, 서민들을 생각하면 정부도 어쩔 수 없는 측면이 있어."

"이해가 됩니다."

"하여튼 자네의 공을 생각하면 큰 선물을 하나 해주고 싶으나 때로는 계획이 실패로 돌아갈 때는 또 어쩌하겠나? 그때는 감봉 처분을 하거나 쫓아낼 수도 없는 노릇 아닌가? 그래서 말이네만, 동생이 셋방살이를 한다니 금번에 내가 집 하나 장만해 주는 것으로 하지."

"아, 아닙니다. 회장님! 회장님 말씀대로 일을 하다 보면 때로 회사에 손실을 끼칠 수도 있고……."

태호의 말을 손을 저어 제동을 건 이 회장이 말했다.

"그렇다고 월급을 왕창 올려주기도 어려워. 형평성이라는 게 있는 것 아닌가?"

"당연합니다."

"그래서 집 하나 사주겠다는 거야."

"감사합니다, 회장님!"

"하하하! 내 특별히 생각하고 있으니 더 잘하라는 격려금이야. 다른 사람 같으면 어림도 없는 짓이지, 이건 자네도 잘 알고 있지?"

"물론입니다. 회장님!"

"오늘 저녁 퇴근하는 대로 자네 장모와 집을 보러 다니도록."

"감사합니다. 회장님!"

"하고 금번에 매각한 대금으로 자네가 요즘 잇따라 쏟아내고 있는 신상품 설비를 갖추는 데 재투자할 생각이니 그런 줄 알고, 앞으로도 기발한 상품이 있으면 얼마든지 개발하도록 해."

"알겠습니다, 회장님!"

"더 할 말 있나?"

"저……."

"자네답지 않게 뭘 주저해? 할 말 있으면 빨리빨리 하라고."

"프랜차이즈 팀을 별도 법인화시키고 1호 매장도 알아보고 싶습니다만……."

"우리가 먹었던 통닭 말인가?"

"네, 회장님!"

"맛은 있었네만, 사업 가치가 있는지는 별도로 따져봐야 하지 않겠어?"

'지금 와서 무슨 소리야?'

태호의 표정을 읽었는지 이 회장이 보충설명을 했다.

"주변에 널린 게 통닭 가게인데, 그들과 경쟁해서 이길 수 있겠느냐 말이야?"

"국민소득이 점점 높아짐에 따라 시장에서 일반적으로 파는 통닭이 아니라, 보다 고급 제품을 원하는 추세로 발전해갈 것입니다. 물론 당장 크게 번창하리라는 예상보다는, 마치 미원이 조미료 분야를 선점하는 바람에, 대기업 중의 대기업인 삼성이 아무리 미풍으로 꺾으려 해도 그 아성을 무너뜨리지 못한 이치와 같습니다."

"요는 그 분야를 선점하자는 이야기지?"

"뿐만 아니라 햄버거나 감자튀김 등 소득 수준의 상승과 비례하여 먹거리에 대한 욕구도 다양해질 겁니다. 따라서 이 분야도 선점할 필요가 있습니다. 회장님!"

"일리 있는 이야기야. 하지만 처음부터 너무 크게 판을 벌이지는 마. 추이를 좀 보자고."

"제 생각도 그렇습니다."

"하면 법인화를 서두르고 필요한 인력도 뽑도록 해."

"네, 회장님!"

"또 할 말 있나?"

"부동산 개발회사를 하나 설립하는 것은 어떻습니까? 회장님!"

"집 장사를 하자는 말인가?"

"꼭 그렇게만 보실 것이 아니라, 건설회사를 위해서도 그렇습니다."

"그들의 일감 때문이라도?"

"네, 회장님! 관이나 타인의 공사를 수주하면 좋지만 그러지 못할 경우를 대비해서……."

"하긴 놀리고 봉급 줄 수는 없는 노릇이지."

"제가 예측컨대 일본의 예를 보아도 향후 20년은 기복이야 있겠지만 꾸준히 부동산값이 상승할 것입니다. 그러니……."

"무슨 말인지 알아들었어."

"기왕 판을 벌였으니 그 또한 시작해 보자고. 그러나저러나 너무 일을 많이 벌이는 것은 아닌지 모르겠네."

"대기업들 보십시오. 전천후 문어발식 확장으로 돈이 되는 곳이라면 이곳저곳 가리지 않고 잡식성 아닙니까? 회장님!"

"잡식성? 하하하! 그 표현 재미있네. 하긴 그간의 내 경영이 고지식했는지도 모르지. 때문에 밀려났고."

"그런 면이 없다고 할 수도 없습니다, 회장님!"

"알았으니 그 또한 시작해 봄세. 인력 충원 등 제반 문제는 자네가 알아서 다 하고."

"그렇게 말씀하시니 말입니다만 기획실 내에 법무 팀도 하나 두는 것이 좋을 것 같습니다. 해당 분야의 법 지식이 빠삭한 자들로 구성하며 법망에 저촉되지 않게 함은 물론, 사전에 손해 볼 수 있는 경우의 수를 원천 봉쇄하자는 것이죠. 지난번 일도……."

"나도 알고 있어. 웬만한 대기업은 다 전략 기획실을 오래전에 설치했고, 그 안에는 법무는 물론 별 요상한 자들도 다 데려다 온갖 로비며 협잡질을 해오고 있는 것도 잘 알고 있지. 하지만 그 간은 내 성미에 맞지 않아 주저하고 있었네만,

기왕 판을 크게 벌인 이상은 내 성미 따질 게재가 아니지."

"맞습니다. 오너는 회장님이시지만 밑에 딸린 식구들을 생각하면 기호 운운하실 때가 아닌 것 같습니다. 더 공격적으로 확장 지향 정책을 쓰셔야죠."

"자네 같은 명참모 내지는 명기획자를 오래전에 한 사람이라도 만났더라면, 10위권에서 밀려나는 일도 없었을 텐데."

"늦었다고 할 때가 항상 제일 빠른 때입니다. 하니……."

"오늘은 여기까지만 하지."

"알겠습니다. 회장님!"

"퇴근하는 대로 장모 만나봐. 내 지시해 놓을 테니."

"감사합니다. 회장님!"

"가서 일봐."

"네, 회장님!"

목례를 하고 회장실을 나온 태호의 표정은 밝음 그 자체였다. 왜 아니겠는가? 평소 구상하고 있던 것에 대해 결재를 득한 것은 물론, 전혀 생각지도 않았던 집 한 채가 공짜로 생기게 되었으니, 저절로 입가에 흐뭇한 미소가 지어졌던 것이다.

아무튼 태호가 그 표정 그대로 자신의 방으로 돌아오니 이 양이 이를 보고 물었다.

"무슨 좋은 일 있으세요?"

"그럼."

"뭔데요?"

"알 필요 없어."

"쳇! 슬픔과 기쁨은 나누면 배가 된다는데. 혹시 옛 애인이라도 다시 만나기로 했나?"

그 말에 태호가 그녀를 째려보자 찔끔한 그녀가 금방 시침 뚝 떼고 딴청을 했다. 그러던 그녀가 금방 표변하여 추궁하는 투로 물었다.

"오늘 저녁 술 약속 잊지 않으셨죠?"

"안 되겠는데?"

"왜요?"

"갑자기 동생한테서 연락이 왔어."

집 보러 다닌다고 할 수는 없는 노릇이라 핑계를 대자 이양이 요모조모 뜯어보는 표정으로 물었다.

"나와 만나기 싫어 핑계대는 것은 아니죠?"

"속고만 살았어?"

"다음에라도 꼭 약속 지키세요."

"그렇게 돈 쓰고 싶어?"

"네. 실장님이라면 얼마든지."

"알았어. 돈 많이 쓰게 해줄게."

"헤헤헤! 고마워요."

'별 희한한 일을 다 보겠군. 돈 쓰게 하겠다는데 고맙다니.'

내심 중얼거리던 태호는 이럴 때가 아니라는 생각에 이 양에게 말했다.

"이 양, 이거 타이핑 좀 해줘."

"뭔데요?"

태호는 곧 구인 광고 초안을 빠르게 기안하기 시작했다.

평소에도 악필인 글씨가 빠르게 쓰니 더욱 엉망이었다. 이를 보고 그냥 넘어갈 이 양이 아니었다.

"볼 때마다 느끼는 거지만 정말 글씨는 더럽게 못 쓰네요."

"뭐? 더럽게?"

"그럼 잘 쓰는 글씨예요?"

"알아만 보면 됐지."

"못 알아보니까 문제죠. 그러니까 타이핑할 때마다 묻곤 하잖아요."

"됐고. 조금 있다가 와. 정신 사나워 안 되겠다."

"쳇……!"

이 양이 멀어지자 태호는 프랜차이즈에 필요한 인원, 부동산 개발에 필요한 인원, 자체 기획실에서 필요한 법무, 총무, 경리 등도 모집란에 적어나갔다. 곧 기안을 마친 태호는 이를 이 양에게 넘겨주고 자신의 방을 나왔다.

기획 사무실 이곳저곳을 둘러봐도 정보부장 정태화는 보이지 않았다. 외근 중인 모양이었다. 그래서 그는 다시 자신의 방으로 들어와 이 양에게 말했다.

"타이핑이 되는 대로 제과 총무부에 넘겨 신문에 광고 내달라고 해."

"어느 신문에요?"

"그건 그쪽에서 다 알아서 처리할 거야."

"네~!"

이날 태호는 퇴근하자마자 예비 장모 박 여사와 함께 집을 보러 다녔다. 그러나 집값이 너무 올라 둘이 혀만 내두르고 적당한 매물을 강북에서는 발견하지 못했다. 그러자 박 여사가 맥 빠진 음성으로 말했다.

"몇 년 사이 집값이 올라도 너무 올랐군요."

"강북은 오를 대로 다 올랐고 발전성도 없습니다. 지난 1월 14일자 매일경제 신문을 보니 70년부터 80년까지 10년 사이에 서울의 택지 가격은 304%, 주택 가격은 239% 오른 것으로 조사됐다고 하네요."

"그러니 내 예상과는 전혀 딴판이지. 그래, 어디가 좋을까?"

"강남 논현동 쪽으로 가보죠."

"사위가 좋다면 어디 그리 해봄세."

태호는 곧 박 여사를 모시고 강남 논현동으로 향했다.

겨울이라 벌써 해가 떨어진 거리는 불빛으로 환하게 빛나고 있었다. 태호는 도로를 지나다가 아직도 불이 밝혀진 복덕

방으로 차를 세우고 박 여사와 함께 들어갔다.

둘이 문을 열고 들어가니 말쑥한 정장 차림의 사내가 친절에게 둘을 맞았다.

"어서 오세요. 차라도 한 잔 드릴까요? 사모님!"

이에 박 여사가 무어라 반응하기도 전에 태호가 말했다.

"그보다 집을 좀 사려는데 매물로 나온 것 좀 있습니까?"

"물론 있고 말고요. 한 3백 개 정도 됩니다."

"그렇게나 많아요? 이곳은 시세가 대략 어느 정도 됩니까?"

태호의 물음에 복덕방 중개업자가 일사천리로 읊기 시작했다.

"이곳도 이젠 많이 올라 대지 60평에 건평 25평은 4천만 원선, 대지 1백 평에 건평 80평 정도의 고급 주택은 대략 2억 2천만 원에서 3천만 원선입니다. 그러나 뭐니뭐니 해도 매물도 많고 실한 것은 아마 대지 65평에 건평 50평의 중급 주택으로 6천 5백에서 7천만 원선을 호가합니다."

'이렇다는데요?'라는 표정으로 태호가 박 여사를 바라보니 그녀가 말했다.

"회장님 뜻은 3~4천선에서 구입하라는데, 그 돈 가지고는 집이라고 할 수도 없는 것을 살 수밖에 없겠어. 그래서 내 생각으로는 아까 저 양반이 얘기한 중급 정도가 괜찮을 것 같은데 자네 생각은 어떤가?"

"저야 작은 평수라도 감지덕지지요."

속으로는 크면 클수록 좋다고 생각하고 있었지만 차마 그렇게 말할 수는 없어 중급 주택이라도 황송한 표정으로 연신 손을 비볐다. 태호의 모습에 빙긋 미소 지은 박 여사가 중개업자를 보고 말했다.

"중급 주택으로 좀 보여주세요."

"그러지요."

곧 중개업자 박 모라는 사람이 책상 서랍에서 열쇠를 꺼내 자신의 승용차로 안내하기 시작했다.

그렇게 해서 몇 집을 둘러본 결과 대로변은 아니지만 대로변에서 조금 들어간 이면도로에 위치한 대지 65평에 건평 50평의 2층 주택을 하나 샀다. 지은 지 3년밖에 안 된 집이라 7천 2백만 원에 매물로 나온 것을 깎아, 7천만 원에 사기로 하고 계약금으로 700만 원을 주고 일단 계약을 체결했다.

나중에 안 일이지만 이 지역이 전망도 좋고 시장도 가까운 데다 교통도 편리해 주변 신사, 역삼, 학동보다는 10% 정도 더 비쌌다. 아무튼 일은 저질렀으나 돌아가는 길에 걱정이 되는지 박 여사가 태호에게 말했다.

"회장님한테는 그냥 25평짜리 작은 걸로 4천만 원에 샀다고 해."

"어차피 나중에 아시게 되지 않겠습니까? 당장 잔금 지불할 때 들통이 날 텐데요."

"그건 걱정 마. 내 숨겨둔 돈으로 모자란 부분은 충당할 테니 그런 줄 알고, 사위는 내가 시킨 대로만 해."

"알겠습니다, 장모님!"

"또 내가 사람 사서 청소고 도배 일체도 다 할 테니, 사위는 일만 열심히 하면 돼. 알겠지?"

"고맙습니다, 장모님!"

"어쨌거나 회장님 말씀을 들어보면 자네가 우리 집안의 복덩이는 복덩이야. 요즈음은 매일이다시피 기발한 상품을 개발해 낸다며? 지금 이 집도 자네 덕분에 10억은 더 벌었다고 기분 좋아 사준다는 말씀이시던데."

"광산을 그냥 파는 것보다는 매장량을 확보해 팔면 좋을 것 같아 시도했는데 운이 좋았습니다."

"아무튼 잘하고 있고, 효주하고도 얼른 식을 올려야 할 텐데…… 내 생각으로는 봄이나 늦어도 5월 달 안에는 날짜를 잡으려 했더니, 이젠 어미 말도 안 들어. 가을에나 한번 생각해 보겠다니, 나 원 참!"

"기왕 기다리는 김에 저도 좀 더 기다리기로 했습니다, 장모님!"

"그래. 그래도 내 딸이라 자랑하는 게 아니라, 인물 곱지 심성도 나쁜 아이는 아니야."

"잘 알고 있습니다."

둘이 여기까지 대화를 나누었을 때, 어느덧 집에 도착했으므로 둘의 대화는 여기서 끝났다.

$$* \qquad * \qquad *$$

다음 날 태호는 출근하자마자 정보부장 정태화를 불러들여 새로운 지시를 내렸다. 즉, 프랜차이즈 본사와 부동산 개발회사가 입주할 건물 하나를 강남에 얻도록 했다.

이는 태호가 어제 집을 사준 데 대해 이 회장에게 사의를 표하는 자리에서 나온 그의 말에 따른 결과였다. 프랜차이즈와 부동산 개발회사의 설립을 승낙하기는 했지만, 아무래도 이 둘을 본사 건물 내에 둔다는 것이 꺼려지는지, 별도의 건물을 마련하라 해서 그에 따른 것이다.

그를 내보낸 태호는 곧 이 양에게 어제 넘긴 구인 광고 건에 대해 총무부에 가서 알아보도록 지시를 하는데, 2팀장 김찬기가 노크와 함께 방 안으로 들어왔다.

오늘도 그의 손에 무엇이 들려 있는 것을 보고 태호가 물었다.

"또 신제품이 나왔습니까?"

"네, 실장님! 이번에는 꼬깔콘입니다."

"오~! 그래요. 어디 맛 좀 봅시다. 이 양도 이 과자 품평 좀 해주고 볼일 보러 가."

"네, 실장님!"

태호는 각각 다른 맛의 세 봉을 뜯어 모두 맛을 보았다. 이 양도 따라 했다. 태호의 지시대로 고소한 맛, 군옥수수 맛, 매콤 달콤한 맛 등이었다. 맛을 다 본 태호가 이 양에게 물었다.

"어때?"

"옥수수로 만든 것인가요?"

"귀신이네."

"헤헤헤! 아주 맛나네요."

"내가 먹어봐도 맛있군. 그대로 제품화하면 되겠습니다."

"알겠습니다, 실장님!"

곧 이 팀장이 나가고 이 양도 총무부로 갔다. 당연히 구인 광고를 어떻게 처리했는지 확인하러 간 것이다.

아무튼 꼬깔콘은 롯데제과에서 1983년에 출시한 옥수수로 만든 과자로, 옥수수의 영문명인 'Corn'을 붙여 '꼬깔콘'이라는 이름이 만들어졌다. 이것을 태호가 차용한 것이고 미리 만들게 한 것이다.

다음 날.

아침 업무를 시작하자마자 정보부장 정태화가 들어왔다.

"초정 음료수 공장 용지 매입 건에 대해 보고드리러 왔습니다."

"이쪽으로 앉으시죠."

소파에 앉아 차를 기다리고 있던 태호의 말에 정태화가 맞은편 자리에 앉으며 그 건에 대해 계속해서 이야기했다.

"평당 천 원씩을 더 준다 했더니 너도 나도 사달라고 해서 어쩔 수 없이 3만 평을 매입했습니다."

"잘하셨습니다. 아무리 생각해도 그곳에 음료수 공장만이 아니라 제과 공장까지 지어야겠습니다. 요즈음 연이어 신제품 개발이 쏟아지다 보니 지금 공장에는 더 이상 라인을 증설할 수 없다는 게 제과 쪽의 전언입니다. 한데 평당 매입가는 얼마나 됩니까?"

"평균 4,500원 선입니다. 실장님!"

태호가 고개를 끄덕이는데 이 양이 알아서 두 잔의 커피를 가져왔다. 이에 태호가 한 모금 마시고 있는데 정태화가 말했다.

"페트병 건도 더 자세히 조사해 본 결과, 투자를 해도 괜찮겠다는 결론에 이르렀습니다. 저쪽 제의로는 1억 원을 출자해 준다면 40%의 지분을 주겠다고 합니다만?"

"정 부장님의 생각은 어떻습니까?"

"적당한 거래라 생각하나 조금 더 밀고 당긴다면 45%의 지분은 확보 가능하리라 봅니다. 실장님!"

"알겠습니다. 회장님의 결재를 받는 대로 그렇게 추진하는 것으로 하죠."

"네, 실장님!"

곧 차를 마신 정 부장이 나가자 태호는 건설 쪽에 연락해 미리 확보한 설계도대로 두 개의 공장 및 물류 창고를 짓도록 지시를 내렸다.

*　　　*　　　*

그로부터 며칠이 더 지난 2월 24일 토요일 12시.

오전 업무가 끝나자마자 태호는 강남 논현동으로 향했다. 그동안 박 여사가 도배며 장판도 다 다시 깔아 준비를 마쳤다는 말에 오늘 집들이를 하기로 했기 때문이다.

오늘 입주를 위해 여동생은 물론 시골에도 연락해 첫째 남동생 성호와 부모님도 오시라 했다. 아무튼 태호가 빠르게 달려 그 집에 도착하니 여느 집들이 하는 집과 달리 조용하기만 했다.

차를 주차한 태호가 현관문을 열고 들어서니 여동생이 반갑게 맞았다.

"어머! 오빠!"

"그래, 오셨어요?"

어머니가 보이기에 태호가 인사를 꾸벅하는데 남동생 성호가 덤덤한 얼굴로 맞았다.

"일찍 퇴근했네요, 형!"

"토요일이다."

이때 여동생 경순이 태호를 잡아끌며 말했다.

"오빠, 오빠! 이것 좀 봐요."

"뭔데 그래?"

못 이기는 척 태호가 경순을 따라 베란다로 가니 그곳에는 커다란 세탁기 한 대가 놓여 있었다.

"이게 말로만 듣던 세탁기인가요?"

"그래."

지금의 세탁기와 달리 큰 면적을 차지하는 백조세탁기를, 담담한 얼굴로 바라보며 태호가 건조한 음성으로 답하는데도, 여동생은 여전히 놀랍다는 표정으로 말했다.

"이것뿐만 아니에요. TV며 냉장고까지 있어요. 오빠가 사다 놓은 거예요?"

"아니, 집을 사준 사람이."

"우와! 나 감동 먹었어요. 집을 사주는 것도 모자라 가전제품 일체를 사주시다니. 한 번도 못 뵈었지만 분명 좋은 분이실 거예요. 그분들은 오늘 안 오세요?"

"좀 꺼려진다고 나중에 상견례할 때나 보시겠단다."

"그럼, 오빠 처갓집? 어느 가문인데요?"

태호가 누가 사주었는지 자세히 얘기를 하지 않아 동생의 끝없는 질문 공세가 이어지자 간단하게 답했다.

"지금 내가 근무하고 있는 회사 회장님 댁이다."

"우와! 굉장하네요. 그럼, 대그룹의 사위가 되는 거잖아요?"

"집 하나 있는 게 그렇게나 좋아?"

"말이라고요. 서울 집값이 여간 비싸요? 얼마 줬데요?"

"7천!"

"어머! 나 같은 건 평생 벌어도 못 사겠다."

"그만하고. 들어가자."

"2층은 어떻게 할 건데요? 우리가 다 쓰기에는 너무 크잖아요."

이 집은 일층에 방이 3개, 2층에 방이 2개 있는 구조였다. 물론 주방은 다 있고, 2층에도 조그만 거실이 있었다.

"전세 놓으려고."

"전세는 얼마에 놓을 수 있을까요?"

"이 집을 살 때 복덕방 중개인의 말로는 주방이 딸린 방 1개면 3~4백만 원. 방 2개면 5~6백만 원 선이라 했다."

"너무 싼 거 아니에요?"

"그래서 그런지 전세 매물은 그렇게 많지 않다는 게 복덕방 중개인의 전언이다."

태호가 말한 게 81년 당시 강남의 전세값이었다. 거의 매매가에 육박하는 현실의 전세가를 생각하면 격세지감을 금할 수 없는 당시의 시세였다. 매매가의 1/10도 안 되는 전세값이라니.

일요일 오전, 태호는 고속버스를 타고 내려가시겠다는 어머니를 기어코 승용차로 고향 집까지 모셔다 드리고 올라왔다. 그 과정에서 고향이 한번 뒤집어졌다.

전화기도 변변히 없는 시골 마을에서 자가용이라는 것은 언감생심 꿈도 꿀 수 없는 사치품이었기 때문에, 비포장을 달려 먼지로 뒤덮였던 차가 아이들의 손 때문에 다 지워질 정도로 인기를 끌었던 것이다. 비로소 태호가 출세했다는 말을 동네 어른들에게 듣게 되었다.

3월 3일.

하루 종일 TV가 12대 대통령 전두환의 취임식 장면을 몇 번이고 보여주고 또 보여주는 속에서도 태호는 바쁜 시간을 보냈다.

오전 내내 회장 및 관계자들과 함께 경력 및 신입 사원에 대한 면접을 진행하고, 오후에는 한미프라콘 사장과 계약을 체결했다. 정보부장의 말대로 협상이 진행되어 1억 원을 출자하고 45%의 지분을 할양받는 내용의 계약이었다.

그리고 태호는 부동산 개발과 프랜차이즈회사가 입주할 건물을 둘러보러 갔다.

논현 사거리에 위치한 7층 건물로서 1, 2, 3층을 둘러본 태호는 만족한 표정으로 고개를 끄덕이고 곧바로 연구소로 직행해 지지부진한 라면 개발을 독려했다.

3월 9일 월요일 아침.

태호는 지원자 중 최종 합격한 기획실 내 직원들과 상견례를 갖는 시간을 가졌다. 기획실 전체에 이들을 소개한 태호는 곧 이들 중 각 팀의 팀장과 기존 간부들만 자신의 방으로 불러들였다.

태호의 눈길이 제일 먼저 간 사람은 법무팀장 고경화였다. 이름 그대로 여성이었고, 이 사람은 지원자 중 선발한 것이 아니고 초빙한 케이스였다. 전직 검사였던 그녀가 모종의 일로 사표를 쓰고 변호사 개업을 하려는 것을, 시멘트 사장 소인섭이 후배의 소개를 받아 몇 번이고 그녀를 찾아 억지 승낙을 받아낸 것이다.

금년 36세에 단정한 얼굴의 소유자로 아직 싱글인 그녀에게 한 가지 흠이 있다면 다리를 저는 것이었다. 아무튼 그런 그녀에게 태호가 말했다.

"고 팀장님께서 우선 할 일은 금번에 발족하게 될 부동산 개발회사인 '삼원개발'과 치킨 전문 프랜차이즈업을 영위할 '삼원치킨'을 법인화하고 내부 규정을 만드는 것입니다. 따라서 이에 따른 제반 법령을 검토해 조속히 이 일을 매듭지어 주시기 바랍니다. 아시겠죠?"

"네!"

간단하게 답하는 그녀를 다시 한번 바라본 태호의 시선이 이번에는 총무팀장 차동철에게로 향했다. 이 사람 경력 자체를 놓고 보면 총무직에는 전혀 어울리지 않는 사람이었다.

금년 45세로 우리나라의 내로라하는 대기업 부장 출신으로 그 회사를 그만둔 후로는 컨설팅업을 전문으로 해오던 사람이었다. 그런 사람을 뜻한 바가 있어 태호가 스카우트하도록 회장에게 부탁해 어렵게 모신 사람이었다. 아무튼 그런 차 팀장에게 태호가 말했다.

"총무팀은 기획실 내 총무 본연의 일도 중요하지만, 그보다는 요즘 설비 발주가 무척 많은데 그 과정에서 비리나 잘못된 점이 없나 잘 살펴주시기 바랍니다. 그런 의도에서 전문 기술자를 많이 뽑은 것이기도 하니까요."

"알겠습니다, 실장님!"

끝으로 태호의 시선이 향한 곳은 경리팀장 반종수에게였다. 이 사람이야말로 금번 지원에 응해 뽑힌 사람으로 전직 모 은행 간부 출신으로 금년 38세였다. 그런 그에게 태호가 말했다.

"경리 업무는 그 무엇보다 정직이 생명 아니겠습니까? 그러니 기획실 내의 입출금 내용을 하나도 빠짐없이 잘 기록하고 필요 예산을 적재적소에 배분할 수 있도록 해주십시오."

"알겠습니다, 실장님!"

"자, 새 식구도 맞았으니 오늘은 모처럼 전 직원이 회식을 하는 것으로 하고, 한 사람도 빠짐없이 퇴근 후에 논현 사거리에 있는 동천빌딩으로 집결해 주십시오. 아시겠죠?"

"네, 실장님!"

곧 회의를 파한 태호는 법무팀장과 총무팀장만 별도로 남겨 오후에 동천빌딩에 갈 것이니 함께 수행하도록 지시를 내렸다. 그리고 오후 업무가 시작되자마자 태호는 정보부장 정태호, 2팀장 김찬기, 법무팀장 고경화, 총무팀장 차동철을 자신의 차에 태워 동천빌딩으로 향했다.

그곳에는 삼원개발과 삼원치킨에 내정된 사장이 기다리고 있기 때문에 이들과 함께 가고 있는 것이다. 물론 금번 채용에서 이들 둘뿐만 아니라 하위직 간부까지 많은 사람을 뽑았다.

아무튼 머지않아 동천빌딩에 도착한 태호는 엘리베이터를 타고 3층으로 향했다. 일행과 함께 3층에 도착한 태호는 삼원개발 사장과 삼원치킨 사장을 일행에게 소개했다.

그리고 법인화 문제, 프랜차이즈 내부 규정을 만드는 문제, 필요 설비 발주 문제 등을 집중 논의하도록 하고, 자신은 한쪽 구석에 서 있는 동생 성호에게로 향했다. 동생 또한 삼원치킨의 신입 사원으로 뽑아 여동생 경순과 함께 논현동 1층에서 거주토록 한 상태였다.

집 문제가 나와서 말이지만 2층은 전세 매물로 복덕방 여러 곳에 의뢰를 해놓은 상태였다. 아무튼 자신을 보자 꾸벅 인사하는 동생을 보고 태호가 말했다.

"가르치는 것은 모두 성실히 배워 빨리 기술도 익히도록 하고, 나를 믿고 건방 떠는 일이 없도록 해."

"물론입니다, 형님!"

"여기서는 형님이 아니라 실장이야, 실장!"

"알겠습니다, 실장님!"

"아무튼 잘해."

"네, 형님! 아니, 실장님!"

격려 차원에서 동생의 등을 두드려 준 태호는 곧 논의에 참석해 자신의 의견을 개진하기도 했다.

다음 날.

오후 퇴근 무렵 복덕방 중개인으로부터 전화가 왔다. 전세 입주를 희망하는 사람이 있어 계약서를 작성하려 한다는 것이었다. 그런데 문제는 7백만 원에 전세로 내놓았는데 1백만 원을 깎았으면 한다는 내용도 함께였다.

그래서 태호는 단호히 거부했다. 7백만 원에서 단돈 일 원도 깎아줄 수 없다고. 그 이유로 태호는 2층 독립 별채인 데다 지은 지도 얼마 안 됐고, 도배 장판까지 모두 새로 했으므로 바로 입주가 가능하다는 이유에서였다.

그렇게 전화를 끊은 지 채 5분도 되지 않아 다시 복덕방 중개인으로부터 전화가 왔다. 7백만 원에 입주하겠다는 내용과 함께 계약서를 작성하겠다는 내용이었다. 이에 태호는 쾌히 승낙하고 전세금으로 7백만 원을 받으면 무엇을 할까 생각하는 것으로 남은 시간을 보냈다.

증권을 살까? 아니면 땅 투기를 할까? 여러 생각이 들었지만 일단 좀 더 생각해 보기로 하고 퇴근 시간을 맞았다.

*   *   *

다음 날.

아침 일과를 막 시작하려는데 1팀장 조동화가 싱글벙글하며 태호의 방으로 들어왔다. 이에 태호가 같이 미소 지으며 물었다.

"무슨 좋은 일이라도 있습니까?"

"네, 실장님! 드디어 신라면의 스프가 균일한 맛을 내게 되었습니다."

"그것 참 잘된 일이군요. 그래, 그간 무엇이 잘못되어 균일한 맛이 나지 않았습니까?"

"청양 고추를 햇빛에 말린 태양초로 매운 맛을 내는 데는 성공했으나, 청양 고추 중에도 대과종과 소과종이라는 두 종류가 있는데, 그것을 모르고 두 품종으로 혼합해 사용하다 보니 그런 시행착오가 발생했던 것입니다. 그래서 지금은 가격은 좀 더 비싸지만 맛도 좋고 더 널리 재배되고 있는 소과종으로 단일화해 고른 매운맛을 내려 합니다."

"흐흠……! 좋소! 하지만 항상 같은 맛을 내기 위해서는 일정량 이상이 확보되어야 하니 계약재배를 통해 이를 수매했으면 좋겠는데 어찌 생각합니까?"

"아니래도 그렇게 하려 합니다. 조사를 해보니 경상도 밀양과 진주에서 생산량이 제일 많은데, 그곳 농가에 미리 계약금을 주어 재배시키고, 생산 후에는 우리가 전량 수매하는 쪽을 택하려 합니다."

"잘 생각하셨소. 하면 이제 짜파게티와 왕뚜껑, 비빔면, 액상 스프 개발에도 힘써, 이 제품들 역시 조속한 시일 내에 개발 완료할 수 있도록 독려해 주시기 바랍니다."

"네, 실장님!"

"참, 설비 문제는 어떻게 되었습니까?"

"국내에서는 라면 설비를 만들 마땅한 업체가 없어 지금 일본 쪽으로 알아보고 있는 중입니다."

"알겠습니다. 보다 빠른 시간 내에 전 제품이 출시될 수 있도록 더 많은 관심을 기울여 주기 바랍니다."

"네, 실장님!"

이렇게 기존 개발된 제품에 대해 속속 생산 설비가 갖추어지기 시작하자 본격적으로 광고 문제가 대두되었다. 그래서 태호는 우선 계약이 체결된 맥콜 광고를 찍기 위해 조용필 측과 협의를 진행했고 마침내 그날이 왔다. 태호 또한 그 장면을 보기 위해 현장에 참석했다.

1979년 4월 18일 준공된 잠실 실내 체육관. 얼마 전 대통령의 취임식이 있었던 이곳은 조용필을 보러 온 소녀 팬들로 가득 차 있었다. 주최 측 추산으로는 6천 명 정도라 했다.

아무튼 우리나라에서 처음으로 시도되는 맥콜의 콘서트형 광고를 촬영하기 위해 몰려든 이들은 모두 조용필 팬클럽 회원들로 막강한 단결력을 자랑하는 힘 있는 엑스트라 집단이기도 했다.

이 콘서트를 준비한 제작팀들은 무대를 향해 밀려드는 극성 팬들을 정리하기 위해 자신들의 힘만으로는 도저히 감당할 자신이 없어, 사전에 기동 경찰 1개 중대를 불러들인 상태였다.

게다가 혹여 불상사라도 생길 것에 대비해 태호는 사전에 구급차 2대도 준비시키는 치밀함을 보였다. 아무튼 드디어 공연이 시작되고 조용필이 무대에 등장했다.

공연장은 금방 뜨겁게 달아오르며 여기저기서 '오빠!'를 연호하는 소리, '꺅~!' 울부짖는 비명 소리가 뒤범벅되어 정신이 하나도 없었다.

이런 가운데 빨갛게 달아오른 얼굴로 눈물을 철철 흘리는 소녀, 이 뜨거운 열기를 참지 못해 웃통을 하나둘 벗어젖히며 무대 위로 달려가려는 소녀, 대형 스피커를 머리로 받아 피를 철철 흘리며 기절해 쓰러지는 등 난장판 속에 마침내 조용필의 광고용 노래가 시작되었다.

한창 노래가 계속되며 무대가 과열되고 있을 때였다.

이때 사건이 터졌다. 조용필이 서 있던 무대 바닥이 꺼져 내린 것이다. 한순간에 무대가 와르르 무너져 내리자 노래를 부르던 조용필도 사라지고 말았다.

모두 가슴 철렁한 순간. 그는 아무 일도 없었다는 듯 꺼져 내린 무대 밑에서 엉금엉금 기어 올라와 옷을 툭툭 털고 다시 노래를 부르기 시작했다.

'역시 프로는 다르구나!'

참여했던 제작진 모두가 혀를 내두르는 가운데 무사히 60초 광고가 완성되었다. 이렇게 맥콜 광고를 시작으로 여러 편의 광고가 연이어 완성이 되었는데 유독 전혀 진척이 없는 광고가 있었다.

그것은 빼빼로 광고로, 이 회장이 그 주인공들을 너무 의외의 인물들로 낙점했기 때문이다. 남자 주인공으로는 태호가 선정되었고, 여자 주인공은 자신의 막내딸 효주로 정하고 그녀를 꾸준히 설득해 왔으나 그녀는 요지부동이었다.

세월이 빠르게 흘러 어느덧 5월도 상순도 끝 무렵인 5월 9일 토요일 오후, 오늘도 이 회장은 효주를 불러놓고 간청을 하고 있었다.

"효주야, 부탁한다. 언제 이 아비가 너에게 이렇게 간절히 부탁한 적이 있니? 그러니 이번 한 번만 딱 두 눈 질끈 감고 촬영에 임해줘."

"안 돼요. 그렇게 되면 전국적으로 얼굴 팔릴 텐데, 앞으로의 생활에 막대한 지장이 있어요."

오늘도 여일한 주장에 이 회장이 난감한 얼굴로 태호를 바라보나, 태호 또한 뾰족한 수가 없어 고개를 돌렸다. 그러자 이 회장이 말했다.

"다음 주 토요일이 미인 선발 대회가 개최되는 날이지?"

"그렇습니다. 회장님! 5월 16일 세종문화회관 대강당에서 개최되고, MBC에서 중계가 예정되어 있습니다."

"그것보다 우리 그룹에서도 '미스 삼원'을 뽑기 위해 심사 위원 한 명이 참가하게 되어 있지?"

"그렇습니다, 회장님!"

"그 심사 위원으로 내가 갈까 하는데……."

"여보, 그 연세에……."

차마 '미쳤어요?' 소리는 못 하고 박 여사가 마뜩치 않은 표정으로 상을 찡그리는데 이 회장은 여전히 고집을 피웠다.

"왜? 심사 위원도 나이 제한이 있어?"

"그런 건 없습니다만."

태호의 대답에 이 회장이 의기양양한 얼굴로 박 여사에게 물었다.

"들었지?"

"나 원 참, 망령도 아니고."

"뭐라고?"

박 여사의 말에 이 회장이 버럭 소리를 지르는데 효주가 말했다.

"차라리 둘째 형부를 내보내는 게 낫겠어요."

"왜 너는 꼭 둘째 형부냐?"

"인물 보는 감식안이 있잖아요?"

"인물 보는 감식안 좋아하고 있네. 바람이나 피우지 말라고 그래."

"네?"

박 여사와 효주가 깜짝 놀라는 가운데 이 회장은 태호를 바라보고 있었다.

제3장

미인 선발 대회

그 순간 태호의 머리에는 하루 전의 장면이 생생히 떠오르고 있었다. 편봉호에 대한 정태화의 최종 보고서를 읽고 한참 고민하던 태호는 중대 범죄가 여러 건 게재되어 도저히 묵과할 수 없다고 판단하여 이를 들고 회장실로 찾아갔다.

때는 점심 식사가 끝난 나른한 오후.

회장실 문을 열고 들어가니 오수에 취해 끄덕거리고 있는 이 회장을 보고, 태호는 그냥 나오려다 마음을 달리 먹고 조그맣게 이 회장을 불렀다.

"회장님!"

"엉……?"

비록 작은 부름이었지만 이 회장은 눈을 번쩍 뜨고 사방을 살피다 태호를 발견하고는 점잖게 말했다.

"거 앉지."

"네, 회장님!"

"잠도 깰 겸 커피 한잔할까?"

"네, 회장님!"

태호가 비서실에 커피를 주문하고 이 회장이 앉은 맞은편 소파에 앉자 그가 눈으로 물었다. '무엇 때문이냐고?' 태호가 답했다.

"편 부사장의 내사 건입니다. 회장님!"

"나는 잊은 줄 알았더니 그것도 아니었군."

"타초경사의 우를 범할까 봐 그가 경각심을 늦춘 시점부터 내사를 실시해 완전한 증거를 수집하기까지 많은 시간이 걸렸습니다."

"그래? 수고했군. 어디 읽어볼까?"

끝말을 혼잣말처럼 중얼거리던 이 회장이 정태화가 작성한 보고서를 읽어 내려가기 시작했다. 그런데 이 회장의 표정이 결코 심상치 않았다. 처음에는 얼굴이 온통 붉어지는가 싶더니 이내 분을 참기 어려운지 붉으락푸르락 시시각각 표정이 변하기 시작했다.

그래도 끝내 참고 다 읽은 이 회장이 보고서를 탁자 위에 조용히 내려놓으며 물었다. 종전의 흥분한 표정이 아닌 차갑게 굳은 표정이더욱 무섭게 느껴져 자신도 모르게 위축된 음성으로 말했다.

"모두 틀림없는 사실입니다, 회장님!"

"흐흠……! 차명 재산이 부동산 현금 포함하여 10억에 이르고, 이 돈을 모으기 위해 하청 업체들에게 상시적으로 뇌물을 받은 것도 모자라, 경리부장과 짜고 공금을 편취했고, 더욱 가관인 것은 상전으로 모셔도 시원찮을 제 마누라마저 팽개치고, 비서실 여직원과 바람이 나 시시덕거리고 돌아다녔단 말이지?"

"네, 회장님! 보고서에 기술된 대로 차명인들에 대한 내사를 몇 번에 걸쳐 철저히 했고, 특히 여비서와의 건은 여비서 김 양이 돈을 펑펑 쓰고 있는 것을 발견하고 집까지 파헤쳐보니, 집에 피아노를 사줄 정도로 편 부사장의 총애가 깊었던 것으로 드러났습니다."

"내 이놈을 당장 이혼시키고 검찰에 고발해야겠어. 뇌물수수 및 공금횡령죄로 말이야. 거기다 간통죄도 성립되겠군."

"십여 년 이상 근무하면서 회사에 공헌한 면도 있지 않겠습니까? 그러니 방계 사장 정도로 좌천을 시키고 개과천선의 기회를 준다면……."

"자넨 지금 누구 편인가?"

이 회장이 버럭 소리를 지르거나 말거나 태호는 침착한 얼굴로 자신의 견해를 계속해서 피력했다.

"더구나 이혼은 당사자가 하는 것이니 따님의 의사도 물어봐야 할 것입니다, 회장님!"

"쓸데없는 소리. 그렇게 함부로 아랫도리 놀리고 다니는 놈들은 잊을 만하면 또 그런 짓거리를 하고 다니는 것을, 내 평생 한두 번 본 게 아니야."

"어쨌거나 본인을 불러 소명 기회도 주어야 하고 따님의 의견도 물어보아야 합니다, 회장님! 그리고 가급적 오늘 당장 처리하기보다는 하루 이틀 시간 여유를 갖고, 좀 더 객관적인 자세로 일을 처리할 필요가 있다고 사료되어집니다."

"좋아! 일단은 하루 이틀 말미를 갖고 이성적으로 처리하는 것으로 하지."

"훌륭한 생각이십니다."

"자네 지금 아첨하나?"

"그럴 리가요?"

"어찌 됐든 수고했어."

"결과가 이렇게 나오니 저도 처음에는 무척 당혹스럽고 망설여지는 점이 많았습니다."

"그 심정 알겠으나 공과 사는 분명히 가려야지."

"명심하겠습니다, 회장님!"

"그런데 이것들은 커피 타오란 지가 언제인데……."

"고성이 밖에까지 들렸을 것이니, 아마 두려워서……."

"그럴 수도 있겠지. 나가며 말해. 이제 잠 다 깼으니 녹차로 들이라고 말이야."

이 회장의 추방령에 태호는 그의 심사가 여전히 편치 않음을 알고 곧 회장실 밖으로 나갔다.

이렇게 태호가 순간적으로 스치듯 지나가는 생각에 잠시 넋을 놓고 있자 이 회장이 물었다.

"자네 지금 무슨 생각하나?"

"아, 네! 편 부사장에 대해 잠시 생각하고 있었습니다, 회장님!"

"말이 나온 김에 내 이놈을 당장 불러야겠어."

"그보다는 따님을 먼저 부르는 것이 순서일 것 같습니다, 회장님!"

이때였다. 둘의 대화에 박 여사가 끼어들었다.

"무슨 얘기예요? 혹시 편 서방이 바람이라도 피웠다는 얘기예요?"

"정말이에요? 아빠!"

놀란 효주까지 가세해 묻자 이 회장이 침통한 얼굴로 답했다.

"그런 모양이야. 당신 지금 바로 예주에게 전화 넣어봐."

"받으면요?"

"급히 혼자만 오라고 해."

"알았어요."

답한 박 여사가 곧 전화기 앞으로 가 다이얼을 돌리기 시작했다.

곧 찌르륵 찌르륵 소리가 몇 번 나는가 싶더니 박 여사가 물었다.

"예주냐?"

—…….

"회장님의 엄명이다. 바로 집으로 와."

—…….

박 여사가 전화를 끊자 이 회장이 그녀에게 물었다.

"온대?"

"네."

박 여사의 대답을 듣자 이 회장이 한숨을 길게 내쉬며 말했다.

"이야기가 엉뚱한 곳으로 흘렀지만 심사 위원으로는 내가 참여할 테니 그런 줄 알고 있으라고."

"아빠?"

효주의 날카로운 고함 소리에도 이 회장은 전혀 표정 변화 없이 말했다. 아니, 놀리듯 물었다.

"왜? 함께 광고 찍는다고?"

"흥! 지금 놀리시는 거예요?"

"됐어, 이놈아! 아비 말도 안 듣는 놈이."

"알아서 하세요. 나는 모르겠으니."

효주가 발을 쿵쿵 구르며 2층으로 향해도 이 회장은 껄껄 웃으며 참가 의지를 굽히지 않았다. 이때 이 회장이 태호를 돌아보며 물었다.

"우리 모처럼 술 한잔할까?"

태호가 박 여사의 눈치를 보며 말했다.

"조금만 하죠."

"들었지? 과일 안주랑 양주 한 병만 가져와."

박 여사가 어쩔 수 없이 자리에서 일어나 가정부가 있는 방으로 향했다.

그로부터 30분 후.

태호와 이 회장이 술을 마시고 있는데 둘째딸 예주가 현관 안으로 들어오며 신발을 벗기도 전에 밝은 얼굴로 물었다.

"아빠! 무슨 좋은 일 있어요? 저 혼자만 조용히 부르시고."

"그래, 좋은 일 있다. 아주 좋은 일 있어. 집안에 경사가 났지."

아무것도 모르는 예주가 이 회장이 반어법을 사용하는지도 모르고 여전히 밝은 표정으로 물었다.

"무슨 좋은 일인데요? 아빠!"

"요즈음 네 신랑 태도가 어떻더냐?"

"아주 잘해주는데요. 전보다는 훨씬~!"

"원래 그런 법이야. 바람 피는 놈들이 들킬세라 평소보다 잘해주지."

"내 그이가 바람이라도 피웠단 말인가요? 설마……?"

"설마 좋아하시네. 너는 어떻게 그렇게 감감무소식이냐? 신랑이 바람 피는 줄도 모르고 시시닥거리고 있었으니……!"

"정말 그 자식이 바람을 피웠단 말이에요?"

"그럼, 내가 없는 얘기 꾸며내리?"

"내 이이를 당장……!"

흥분해 뛰쳐나가려는 딸을 보고 이 회장이 물었다.

"뭘 어쩌려고?"

"어쩌긴 뭘 어째요? 당장 잘라놔야지요."

"이놈이 아비 앞에서 못하는 소리가 없네."

"정말이면 분해서 어떻게 살아요? 그 인간 그렇게 안 봤더니 나를 배신하고……. 살이 다 벌벌 떨리네요."

"진정하고 아비 말 잘 들어. 아니, 일단 이걸 읽어보고 이야기하자."

품에서 보고서를 꺼내려던 이 회장은 옷을 갈아입었던 것을 떠올리고 박 여사에게 말했다.

"당신, 가서 내 양복 윗저고리에 있는 보고서 좀 꺼내와."

"네."

곧 박 여사가 태호가 올린 보고서를 가져와 이 회장에게 건네주자 이 회장은 집어던지듯 그 보고서를 예주에게 던져주었다. 붉으락푸르락 손을 와들와들 떨며 읽기를 마친 예주가 갑자기 보고서를 팽개치고 달려 나가며 말했다.

"내 이놈을 가만히 안 두겠어요!"

그런 딸을 향해 이 회장이 소리쳤다.

"어쩌려고 그래?"

"어쩌긴 뭘 어째요? 당장 가운데 다리 잘라놓고, 저 죽고 나 죽고 해야죠."

"쓸데없는 소리. 이리 와봐."

"아빠는 분하지도 않으세요?"

"나도 너만큼 분하다. 그러니 일단 진정하고 이리 와봐."

"뭘 어쩌려고요?"

"그렇게 비이성적으로 행동하다가는 너마저 사고 친다. 그러니 깨끗이 이혼해."

"이혼하는 것만으로는 도저히 분이 안 풀려서……."

"형사처벌도 할 거야."

"해요, 해요! 도저히 분해서 못 참겠어요. 아이고, 내 팔자야! 그런 놈을 믿고 내가 평생을 엉엉……!"

끝내는 대성통곡을 하는 딸을 가엾은 눈으로 바라보던 이 회장이 들고 있던 술을 단숨에 털어 넣고 바로 스스로 술을 따르려 술병을 잡으러 가자, 태호가 재빨리 한 잔을 따라주니 그마저도 단숨에 비워 버리는 그였다.

*   *   *

다음 날.

태호가 은밀히 알아보게 하니 편 부사장은 물론 여비서도 동시에 출근을 하지 않았다. 그리고 퇴근하여 집에 들어가 보니 예주가 혼자 와 있었다. 물론 이 회장도 퇴근해 부녀지간의 대화가 막 시작되고 있는 시점이었다.

"그래. 이혼하기로 했어?"

"아니요."

"뭐?"

이 회장이 의외의 대답에 깜짝 놀라 반문하는데도 예주는 여전히 침착한 얼굴로 말했다.

"이혼은 못 하고 아빠가 그이를 용서해 주세요."

"너 지금 무슨 소리 하고 있는 거냐?"

"밤새 무릎 꿇고 싹싹 비는데, 그놈의 정이 뭔지, 흑흑 흑……!"

"그래서 용서해 주기로 했다고?"

"네, 이 일이 표면화되면 우리 그룹 체통도 말이 아니게 되잖아요? 아빠! 그러니 국내가 힘들다면 외국 어디로 둘이 나가서 살게 해주세요. 아빠! 제가 무릎 꿇고 사정할게요. 네? 아빠!"

진짜 무릎까지 꿇고 사정하는 딸을 보는 이 회장으로서는 어처구니가 없는지 침음을 내뱉었다.

"참……!"

"아빠!"

그런 이 회장을 보고 무릎걸음으로 달려와 애교까지 피우는 딸을 보고 이 회장이 침통한 얼굴로 물었다.

"정말 후회하지 않겠니? 이게 최선이고?"

"네. 아빠! 그러니……!"

"됐고!"

여전히 애교 공세를 퍼부으려는 딸의 공세를 한마디로 원천 봉쇄한 이 회장이 말했다.

"그러려면 우선 먹은 돈부터 몽땅 토해내야 돼."

"그야 당연하죠. 말단이라도 좋으니 회사에 적이나 두게 해주세요."

"음……!"

괴로운 신음을 토하던 이 회장이 잠시 생각에 잠겼다 말했다.

"그 문제는 다음에 논의하기로 하고, 우선은 처먹은 것 다 토해놓고 나서 이야기하자."

"네, 아빠!"

곧 살았다는 듯 안도의 한숨을 내쉬는 딸을 보고 이러지도 저러지도 못하겠다는 표정의 이 회장이 고개를 절레절레 저었다.

*　　　*　　　*

그 후의 일은 내밀히 신속히 처리되었다. 편봉호가 그가 가지고 있던 현금과 증권은 물론 차명 부동산까지 모두 토해내자 이 회장은 그를 미국으로 추방(?)했다.

편봉호는 물론 딸과 그 자녀들까지 모두 미국에 가 살게 하고, 편봉호에게는 '영어는 잘할 것이니 신 시장을 개척하라'는 엄명과 함께 부하 하나 안 딸려 미국행 비행기에 오르게 한 것이다.

이 조치를 취하는데 걸린 시간은 단 이틀. 그리고 사흘째 되던 날은 제과회사 내 인사 조치가 있었다. 즉, 태호를 부사장 겸 기획실장으로 겸직 발령을 낸 것이다.

이 조치에 태호는 이 회장에게 몇 번이고 고사를 했다. 마치 편 부사장을 염탐해 자신이 그 자리를 빼앗은 꼴이 된 것이라, 인간적으로 정말 받아들이기 어려웠기 때문이다.

그러나 이 회장의 이 말에는 승복하지 않을 수 없었다.

"그럼 내가 이 나이에 사장에 복귀하리?"

사실 지금까지 제과회사의 사장 자리는 공석이었다. 편봉호를 사장에 염두에 두고 직접 그로부터 보고를 받고 있었던 것이다.

아무튼 이 일로 인해 태호의 권한은 더욱 막강해졌고, 말에도 더한 권위가 실리기 시작했다. 여기까지는 그럭저럭 좋았다. 그런데 문제는 엉뚱한 곳에서 발생하고 있었다.

5월 16일 토요일 오후 5시.

제25회 미인대회 본선이 세종문화회관 대강당에서 열리고 있었다. 이 상황을 MBC에서 전국적으로 생중계하고 있었다. 태호도 부사장실에 남아 TV로 이를 지켜보고 있었다.

이런 장면은 아무래도 같이 보기 껄끄러워 퇴근을 미루고 이곳에서 보고 있는 것이다. 그런데 미녀들을 하나둘 눈으로 쫓던 태호가 경악할 일이 무대 위에서 연출되고 있었다.

"아, 아니, 저… 쟤는……! 세상에! 서미경 아냐?"

태호가 아무리 눈을 씻고 몇 번을 살펴봐도, 무대 위에서 수영복을 입고 그 늘씬한 자태를 뽐내는 여인은 분명 헤어진 여친 서미경이 맞았다.

"어찌 이럴 수가……!"

태호는 마음이 복잡해졌다.

"어찌 이런 일이……!"

몇 번이고 태호가 의외의 사실에 놀라 외쳐보아도 당사자가 무대에서 내려갈 일은 전혀 없었다.

"어디서 저런 용기가 났지?"

태호는 중얼거리면서도 한시도 그녀의 몸에서 시선을 떼지 못하고 있었다.

"저 애의 가슴이 저렇게 풍만했던가?"

요즘 시쳇말로 '베이글녀'라는 표현이 딱 맞을 정도로 미경은 동안이었고, 풍만한 가슴의 소유자였다. 여기에 평소에 별로 하지 않던 화장까지 짙게 하니 오늘따라 더욱 아름다워 보이는 그녀였다.

그런데 무대에서는 지금 더 경악할 일이 진행되고 있었다. 남자 사회자가 차례로 인터뷰를 진행하다가 그녀 차례가 되어 그녀에게 질문을 던졌다.

"미스 충북 진! 당연히 미스코리아가 되고 싶으시죠? 만약 미스코리아 진에 당선된다면 제일 먼저 이 영광을 누구에게 전하고 싶습니까?"

"저는 미스코리아 진보다도 더 원하는 것이 있습니다. 올해 처음 생긴 미스 삼원이 되고 싶습니다."

"의외네요. 특별한 이유라도 있습니까?"

미리 준비했던지 그녀가 거침없이 답변했다.

"올해 당선되는 사람은 25회 미스코리아가 되는 거잖아요? 그러니까 벌써 25명의 미스코리아 진이 있다는 이야기입니다. 그렇지만 미스 삼원은 제1회니 어느 대회든 1회 수상자는 그만큼 오래 기억될 것이고, 희소가치가 있지 않겠어요?"

"정말 의외의 답변이라 무어라 드릴 말이 없습니다만, 미스 삼원이 되었다 치고, 누구에게 제일 먼저 이 영광을 전하고 싶습니까?"

"이 순간 딱 한 명 기억나는 사람이 있군요. 혹시 이 시간, 이 장면을 보고 있다면 그렇게 살지 말라고 전하고 싶습니다."

"혹시 전의 남자친구였습니까?"

"노코멘트하겠습니다."

미경이 굳은 얼굴로 답하자 짐작한 사회자가 바로 이어받았다.

"좋습니다. 진보라 아나운서, 마이크 받아주시죠? 지금 서미경 양이 미스 삼원을 원하고 있는데, 심사 위원으로 참석 중인 삼원 측에서는 서 양을 어떻게 생각하고 있는지 그 반응이 궁금합니다."

"네."

곧 진보라 양이 마이크를 들고 삼원을 대표해 참석한 소인섭 사장에게로 갔다. 오늘 심사 위원으로 참석한 사람이 회장이 아닌 소 사장인 것은 다 그럴 만한 이유가 있었다.

즉, 예주의 일로 괴로워 연이틀 과음한 것이 이 회장을 돌연 감기 몸살에 걸리게 해, 부랴부랴 미인 선발 대회의 삼원그룹 측 대표로 시멘트 사장 소인섭이 참석하게 된 것이다.

아무튼 마이크를 받아든 소인섭 사장이 무게감 있는 풍채에 미소를 띠고 답했다.

"서 양 같은 재원이 미스 삼원이 되고 싶다고 하니, 우리 그룹으로서는 참으로 영광입니다만, 심사는 공정해야 하니 아직 잘 모르겠습니다."

곧 사회자는 마이크를 들고 다음 출전자에게 갔으나 태호는 좌불안석이었다. 미경이 '그렇게 살지 말라'고 전할 사람은 자신밖에 없다는 생각에, 제발 그녀가 아무것에도 당선되지 말았으면 하고, 태어나 처음으로 간절하게 기도하기 시작했다.

그러다 갑자기 담배를 빼어든 태호가 주머니를 뒤지기 시작했다. 하루 열 개비도 안 피는 담배를 뻑뻑 빨며, 무의식중에 주머니마다 뒤져보아도 휴대폰이 있을 리 없었다.

"아……!"

처음으로 환생한 것을 후회하는 순간이기도 했다. 휴대폰으로 즉각 소 사장에게 전화를 걸어, 서미경만은 절대 미스 삼원으로 뽑지 말라고 부탁하고 싶지만 연락할 방법이 없는 것이다.

아무튼 살다 보면 상황은 때로 최악으로 치닫는 경우가 있다. 태호에게 있어 바로 오늘이 그날이었다. 결국 서미경이 미스 삼원으로 선발된 것이다. 그녀가 미스 삼원으로 선발되는 순간, 태호는 자신도 모르게 소리를 버럭 질렀다.

"당신 미쳤어? 나한테 억하심정 있냐? 왜 걔를 뽑느냐고?"

아무리 혼자 화를 내고 떠들어봐야 소용없음을 안 태호의 입에서 체념의 욕설이 튀어나왔다.

"젠장, 젠장……!"

미스코리아 진, 선, 미야 그 아름다움과 지성미로 등위가 결정되겠지만, 미스 한국일보라든가, 미스 롯데, 미스 태평양 등은 아무래도 뽑는 측의 의사가 적극 반영될 것이니 태호는 소인섭이 그녀를 뽑았다고 원망을 하게 된 것이다.

곧 시상식이 열려 각각 미스코리아 진, 선, 미에 선정된 이은정, 이한나, 김소형 양에게 꽃다발과 함께 상금도 수여되었다. 부상은 진선미 차례로 각각 300만 원, 250만 원, 200만 원이었고, 참고로 미스 삼원은 미스 태평양과 같은 150만 원이었다.

그러나 시상식 장면은 눈에 들어오지도 않았다. 아무래도 미스 삼원으로 선발된 미경이 삼원을 대표하는 미의 사절로, 삼원 측을 대표해 광고라든가 많은 일을 할 텐데 부딪칠 일이 아득했기 때문이었다.

술 생각이 간절했다. 그러나 몸져누워 있을 이 회장을 생각하면 그럴 수도 없었다. 아픈데 얼굴도 안 들이민다고 굉장히 서운하게 생각할 것이기 때문이었다. 아무래도 오늘은 여느 날과 달리 퇴근마저 늦지 않았는가.

'종놈 신세가 참으로 고달프기 짝이 없구나!'

아무리 회귀를 했지만 종잣돈 푼푼히 모아 재벌이 된다는 것은 결코 쉽지 않은 일이다.

그래서 태호가 생각해 낸 방법이 비겁하지만 재벌의 사위가 되어 회장 사후 일정 지분을 상속받는 것이다. 그렇게 되면 순식간에 수천억 원의 자산가는 일도 아니다 싶어, 이런 길을 걷고 있지만 오늘따라 그 길이 매우 후회스러웠다.

혼자 축 처진 어깨로 엘리베이터를 타고 지하 주차장으로 내려간 태호는 그 길로 곧장 자신의 차를 몰고 집으로 향했다. 집이라야 당연히 이 회장 댁이었다. 머지않아 태호가 집에 도착해 현관 안으로 들어서니 박 여사가 따뜻이 맞았다.

"늦었네?"

"볼일이 좀 있었습니다. 회장님은요?"

"링겔 맞으며 텔레비전 보고 계셔."

"아, 네."

곧 태호는 부부의 방으로 향했고 박 여사가 따라왔다. 똑똑 노크를 하니 이 회장의 '들어와'라는 말이 들렸고, 이에 태호가 문을 열고 들어가니, 이 회장은 정말 침대에 누워 링겔을 맞으며 TV를 보고 있었다.

"오늘은 좀 늦었구나."

"볼일이 좀 있었습니다."

"그러나 저러나 오늘 미스 삼원을 정말 잘 뽑지 않았어? 내가 뽑았어도 아마 서미경 양을 뽑았을 거야."

이 회장의 말에 태호는 내심 가슴이 덜컥 내려앉았으나 시침 뚝 떼고 대답했다.

"누구인지 보지 않아 잘 모르겠습니다."

"자네도 보면 아주 잘 뽑았다는 생각이 들 거야. 그래서 말인데, 효주가 저렇게 고집을 부리니, 자네와 서미경 양이 빼빼로인가 뭔가의 광고를 찍으면 어떻겠나?"

"네……?"

"왜 이렇게 놀라나?"

전혀 생각지 못한 말에 질겁하는 표정을 지었지만 태호는 곧 침착함을 되찾고 둘러대었다.

"만약 둘이 찍었다가 효주 양이 질투라도 하는 날엔, 제 처지가 곤란할 것 같아서 말입니다."

"하하하! 나는 그 녀석이 질투라도 했으면 좋겠다. 그렇게 되면 둘이 더 빨리 성사될 것 아닌가?"

"그, 그렇긴 합니다만?"

"여러 소리 말고 그렇게 해."

이 회장의 엄명에 태호가 볼이 부어 말했다.

"많이 나으신 것 같습니다."

"그런데 그 표정은 뭐야? 마치 더 아프기를 바라는 것 같은데?"

"그럴 리가요? 말씀도 잘하시고, 즐거워 보여서요."

"내가 안 갔어도 마음에 드는 사람을 뽑았으니 당연히 기쁘지. 그러니 몸도 절로 다 나은 기분이야."

체념한 태호가 말했다.

"논현동 집에 다녀오고 싶습니다."

"그래, 가정을 잘 건사하는 것도 좋은 일이지. 나는 젊어서 그러지를 못해 전처를 잃었지만 말이야. 아주 좋은 일이니 어서 다녀와."

"네, 회장님!"

전처 이야기를 하며 박 여사의 눈치를 보는 이 회장을 향해 태호는 대답과 함께 꾸벅 인사를 하고 방을 빠져나왔다. 오늘은 뻔질나게 하던 '회장님' 소리도 처음으로 입에 담았다. 화가 나니 그런 말도 전혀 뱉고 싶지 않았던 것이다.

아무튼 곧 밖으로 나온 태호는 자신의 차를 몰고 곧장 논현동으로 향했다. 토요일이라 그런지 더욱 한가한 길을 약 20분 달려 집 부근에 도착한 태호는 차를 세웠다. 그리고 앞의 슈퍼로 향했다.

태호는 곧 솔담배 한 곽과 소주 세 병, 그리고 과자 세 봉지를 샀다. 물론 과자가 삼원 제품인 것은 당연했다. 그리고 가격을 계산하니 과자 세 봉이 600원, 소주 한 병이 200원, 작년 8월부터 발매되기 시작한 솔담배는 이 당시 최고의 담배로 405원이었다.

이 담배가 94년 저소득층을 위해 500원에서 200원으로 내리는 바람에 서민들에게 큰 인기를 누렸었다. 아무튼 총 가격을 계산하니 1,205원. 아줌마가 크게 남을 것도 없을 텐데 5원을 깎아주어, 1,200원을 계산하고 태호는 다시 차에 올라 집앞에 주차를 했다. 그리고 벨을 누르니 현관문 여는 소리와 함께 여동생 경순이 튀어나왔다.

"누구세요?"

"오빠다!"

"아, 오빠!"

반가운 음성을 토해내며 바로 문을 여는 동생에게 태호가 물었다.

"별일 없지?"

"네."

"성호는?"

"일찍 퇴근해 거실에서 텔레비전 봐요. 오빠! 저녁은 드셨어요?"

"아직 안 먹었어."

"따뜻한 밥이라도 금방 지을게요."

"그럴 필요 없다. 라면 있냐?"

"있긴 한데……."

"라면이면 됐어. 술 한잔하려고. 부탁하면 라면이나 좀 끓여줘."

"밥을 드셔야지 않겠어요?"

"되었다고 해도 그러네."

"오빠 혹시 오늘 TV 보셨어요? 충북 진이 미스 삼원이 되었던데요?"

"그 이야기하지 마!"

"네?"

태호의 고함에 경순이 깜짝 놀라 어안이 벙벙한 얼굴로 오빠를 쳐다보았다. 얼결에 뱉은 말이었지만 놀란 동생을 보니 태호는 미안한 마음에 그녀의 어깨를 툭 치며 말했다.

"놀랐지? 미안하다. 오빠가 요즘 신경 곤두서는 일이 있어 그러니 양해해."

"괜찮아요, 오빠!"

"들어가자."

"네."

곧 태호가 현관 안으로 들어서니 동생 성호가 TV를 보고 있다가 발딱 일어나 맞았다.

"오셨어요? 형님!"

"그래."

간단히 답한 태호는 그 길로 세 개의 방 중 자신의 방으로 정한 가장 큰 방으로 들어가, 사온 것을 펼쳐놓고 방 안까지 따라 들어온 여동생에게 컵을 가져오라 지시했다.

곧 봉지를 뜯어 새로 나온 매운 맛 치토스를 하나 입에 넣고 우물거리던 태호는 동생이 가져온 컵을 받아 들고 과자 두 봉지를 그녀에게 주며 말했다.

"가지고 가 둘이 먹어."

"계란이라도 몇 개 부쳐올게요."

"그러지 않아도 돼."

더 이상 얘기 나누기도 귀찮아 손을 저어 동생을 내보낸 태호는 곧 친절하게 오프너까지 가져온 동생의 배려를 생각하며 소주병을 땄다. 그리고 곧장 컵에 따르니 1/2이 줄었다.

곧 물 마시듯 안주도 먹지 않고 연거푸 두 잔을 마시자 한 병이 그대로 텅 비었다. 그 순간 '내가 지금 뭐 하고 있는 거지?'라는 생각이 들었다.

'지금 술로 풀자는 거야? 사내대장부가 까짓것 한번 부딪쳐 보는 거지. 한심하기는……'

너무 놀란 감정에 오늘 스스로가 과민 반응을 보였다 생각하며 태호는 곧 밖을 향해 소리쳤다.

"경순아! 라면 하나 끓여."

"네, 오빠!"

태호는 라면을 주문하고 그대로 뒤로 벌렁 누워 팔베개를 했다. 그리고 앞으로 벌어질 일을 상상하며 대처법을 강구하기 시작했다.

일요일 하루를 쉬고 출근한 아침. 태호는 무거운 마음으로 출근했다. 그러나 여느 날과 같이 활기차게 하루를 시작하고 있었다. 기획실에 들어선 태호는 인사하는 부하 직원들에게 손을 들어 밝게 외쳤다.

"좋은 아침!"

"안녕하십니까? 부사장님!"

"안녕하세요! 부사장님!"

최고 수뇌가 승진되어 부사장이 되었으니 기획실 전체 분위기가 밝고 활기찼다. 태호는 곧장 부사장실이라는 팻말이 쓰인 옛 기획실장 방으로 들어갔다. 그러니까 부사장실이 엄연히 있지만 그곳은 그대로 둔 채 자신의 방을 그대로 쓰고 있는 것이다.

그가 부사장이 된 이후의 변화는 이것만이 아니었다. 근 열 명에 달했던 비서실 직원들을 모두 보직 변경했다. 부사장 차를 운전하던 기사는 물론 수행비서도 마찬가지였다.

그리고 유일한 비서로 이미현 양을 정식 비서로 채용해 여전히 한 방에 근무하고 있었다. 아무튼 태호가 문을 열고 자신의 방에 들어서니 어쩐 일인지 이 양이 일찍 출근해 자리를 잡고 있었다. 7시 30분인데 말이다.

"잘 쉬었어?"

"네, 부사장님."

"지금 바로 회의 시작할 테니까, 각 부서 책임자들 전부 집합시켜."

"지금 이 시간에요?"

"그래."

"아직 정식 업무 시간도 아닌데요?"

"이 양은 무역회사 안 가봤지?"

"네."

"그런 곳에 가보면 간부들은 최소 6시에 출근해. 더 일찍 출근하는 사람도 부지기수고."

"그래요?"

"남과 똑같이 하고 이기길 바라는 것은 어불성설인 것 알지?"

"네."

"그러니 당장 간부들 소집해!"

"네, 실장님!"

태호는 부사장에 취임했지만 아직 공식적인 회의는 한 번도 개최한 적이 없어 오늘은 각 부서장들을 모아놓고 회의를 할 참이었다.

아무튼 이 양이 사내 전화로 연락을 취하는 동안 태호는 손수 물을 끓여 자신의 커피를 타는 것은 물론, 이 양의 커피도 타서 그녀의 책상에 올려주었다. 그러자 이 양이 고맙다고 눈인사를 했다.

태호가 소파에 앉아 느긋하게 커피를 마시고 있는데 이 양이 전화를 다 돌렸는지 찾아와 말했다.

"연락 다 취했습니다."

"이 양도 빨리 커피 마시고 준비해."

"네, 부사장님!"

이 양이 커피를 다 마시자 태호는 이 양을 데리고 17층에 위치한 소회의실로 향했다. 참고로 18층에 대회의실도 있었다. 그러나 그곳은 대개 그룹 전체 임원 회의가 열릴 때 사용하는 곳이다.

아무튼 한 층도 엘리베이터를 타려고 기다리는 이 양을 이끌고 한 층을 걸어 내려가 17층 소회의실에 도착하니 내부가 썰렁했다. 아직 한 사람도 도착하지 않은 것이다. 이를 보고 태호가 이 양에게 지시를 내렸다.

"이 양은 지금부터 각 임원들의 도착 시간을 모두 기록해 둬. 이게 이 사람들의 평소 근무 태도일 테니까 말이야."

"알겠습니다, 부사장님!"

그렇게 25분을 기다려 8시가 되어도 아직 도착하지 않은 임원도 있었다. 경리이사와 총무이사였다. 그렇다고 마냥 기다릴 수만은 없어 태호가 단상 중앙에 앉아 회의를 주재하기 시작했다.

"공장장님!"

"네, 부사장님!"

태호의 호명에 공장장 장태수가 급히 앉은 자리에서 머리를 조아렸다. 회장과 같은 연배로 창업 동지이나 자신을 깍듯이 예우하는 그를 보고 태호는 내심 고개를 끄덕이며 말했다.

"요즈음 신제품이 많이 쏟아져 나오고 있는데 생산 설비는 어떻게 되어가고 있습니까?"

"여기 있는 공무이사와 협의하여 대부분의 설비 발주를 끝마쳤습니다."

"대부분이라 하심은 아직도 발주하지 않은 것은 제품이 있습니까?"

"신라면입니다. 일본 업체와 조율 중이나, 가격을 너무 비싸게 달라는 바람에 아직 협의 중입니다."

"알겠습니다. 그것도 조속히 마무리 짓기를 바라고, 영업이
사님!"

"네, 부사장님!"

태호의 호명에 오십 대 초반의 호남형 사내가 자리에서 벌
떡 일어나 대답했다. 그런 그를 손짓으로 앉으라고 해 다시 앉
힌 태호가 그를 보고 물었다.

"루트 세일 방식이 현장에 적용되고 있습니까?"

"금시초문입니다, 부사장님!"

'젠장, 돈만 처먹을 줄 알았지. 한 일이 도대체 뭐야?'

태호는 내심 편봉호에게 욕설을 퍼부으며 다시 물었다.

"그런 지시를 받은 적이 전혀 없습니까?"

"네."

"좋습니다. 그렇다면 오늘부터 전 물품을 도매상과 중간 대
리점을 거치지 않고 직접 소매상에 공급하는 방식을 택하십
시오."

"그렇게 되면 기존의 도매상과 중간 대리점 업자들의 반발
이 만만치 않을 텐데요?"

"구더기 무서워 장 못 담급니까? 세 개 사, 아니, 네 개 회사
의 경쟁이 얼마나 치열합니까? 그래야만 보다 싼값으로 소매
상에 공급할 수 있을 것이고, 또 소매상들은 이익이 많이 남

는 우리 제품을 하나라도 더 팔려할 것입니다. 아니, 소매상에 물건만 공급하지 말고 직접 우리 제품을 잘 팔릴 위치에 진열도 하는 방식으로 영업 형태도 바꾸십시오. 물론 기존 도매나 중간상과의 마찰이 있을 수 있겠으나, 그 부분은 법무팀으로 하여금 대응토록 할 테니까 말이죠. 아시겠습니까?"

"네."

자신 없어 하는 영업이사 공영달을 보고 태호가 물었다.

"영업 파트의 최고 직급이 이사죠?"

"그렇습니다."

"저는 경쟁력 차원에서라도 대폭적인 매출 신장이 이루어진다면, 영업 파트의 직급을 상무이사, 아니, 전무이사까지 승진시킬 예정입니다. 그러니 최고의 실적을 내주십시오."

"감사합니다, 부사장님!"

감격해 급히 고개를 조아리는 공영달을 보고 빙긋 웃은 태호가 무어라 입을 열려는데 문이 조심스럽게 열리며 경리이사가 얼굴을 디밀었다.

"들어와요."

"늦었습니다, 부사장님!"

답하며 경리이사가 황급히 자신의 자리를 찾아가는데 총무이사 또한 덤으로 같은 행위를 하고 있었다. 그런 두 사람이 자리에 앉길 기다려 태호가 하려던 말을 했다.

"오늘은 벌써 각 부서마다 업무가 시작되었을 것이니 이것으로 회의를 마치겠습니다. 그러나 앞으로는 수시로 업무 시작 전, 7시에 이와 같은 중역회의를 개최하겠습니다. 때로는 회장님도 7시 반이면 공장을 순시하고 그러시는데, 녹을 먹는 우리가 이렇게 게을러서야 되겠습니까? 그러니 일찍 출근해 주시고 공장장님을 본받으십시오. 제가 회장님 모시고 몇 번에 걸쳐 공장을 순시한 적이 있는데, 그때마다 공장장님은 현장에 계셨습니다. 자, 오늘 회의는 이것으로 마치겠습니다."

태호가 말을 마치고 자리에서 벌떡 일어나는데 노크 소리와 함께 문이 열리더니 회장실 여비서가 안으로 들어왔다. 그리고 태호에게 목례를 건네며 말했다.

"회장님이 급히 찾으십니다."

"알았습니다. 바로 간다고 전해주세요."

"네, 부사장님!"

곧 태호가 자리를 이탈하자 남은 중역들이 저희들끼리 수군대기 시작했다.

*   *   *

"부르셨습니까? 회장님!"

회장실 문을 열고 들어가 인사를 마치고 고개를 든 태호의 얼굴이 순간적으로 굳었다. 회장실 안에 미스 삼원으로 뽑힌 서미경이 있었기 때문이다. 이때 서미경이 이 회장에게 물었다.

"누구신가요?"

"아, 우리 그룹 내 제과부사장 겸 기획실장."

"네? 너무 젊은 것 아닌가요?"

"그렇게 됐어요."

점잖게 말한 이 회장이 태호를 보고 물었다.

"부사장, 실물은 오늘 처음 접하지?"

"네."

무심결에 답하던 태호가 물었다.

"누구신지?"

"아, 부사장은 미인 선발 대회도 안 봤나? 금번에 미스 삼원으로 뽑힌 서미경 양 아닌가?"

"아, 그렇습니까? 어쩐지 미인이다 했습니다."

태호의 말에 안색을 굳힌 이 회장이 엄한 목소리로 말했다.

"한눈팔면 안 돼!"

"아, 네."

"자, 그건 그렇고, 지금까지 서 양과 빼빼로 광고인가 뭔가 찍을 협의를 진행했는데 좋다고 하는구만. 하니 부사장과 함께 찍는 것으로 하지."

"제가 꼭 이 광고를 찍어야 되는지……?"

"이제 와서 왜 이러나? 자네가 너무 젊으니 나는 자네를 대한민국의 스타로 만들어 누구나 알아보게 해, 정치권이나 권부 또 고위 공직자들도 친근감을 갖게 하고 싶어."

"용이한 접근성을 위해서란 말이죠, 회장님?"

"서 양이 더 마음에 드는 점은, 그 미모에 우리나라 최고의 학부를 나온 지성인이라는 점이지. 역시 똑똑해!"

"감사합니다, 회장님!"

단정히 고개를 숙이는 미경을 흐뭇한 시선으로 바라보는 이 회장에게 태호가 말했다.

"그러나저러나 한꺼번에 그룹의 광고를 너무 쏟아내다 보니 편성 시간 잡는 것도 이젠 어렵습니다."

"왜 있잖아? 그럴 땐 우리의 전가의 보도를 이용해야지 어쩌겠나?"

"알겠습니다. 조만간 한번 만나 협의해 보도록 하겠습니다."

"참, 김 실장!"

"네?"

"기획실 내에 홍보팀을 신설할 생각이야. 그리고 서 양을 팀장에 내정했으니 그런 줄 알아. 얼굴만 반반하고 머리가 빈 사람이었다면 그럴 수 없지만, 지성도 함께 갖췄으니 산하에 홍보팀도 꾸리도록. 알겠지?"

"네."

함께 근무하게 된 것이 전혀, 아니, 절대로 반갑지 않아 태호가 시무룩한 표정으로 답하자 이 회장이 의아한 눈으로 물었다.

"자네는 홍보팀 신설이 달갑지 않은가?"

"아, 아닙니다."

손까지 저어 부정하는 태호를 보고 이 회장이 빙긋 웃으며 미경에게 말했다.

"부사장 따라가."

"네, 회장님!"

떠나기 전 태호가 이 회장에게 물었다.

"건강은 어떠십니까?"

"음. 삼 일을 푹 쉬었더니 많이 좋아졌어. 내 걱정 말고 자네 일이나 잘 챙겨."

"네, 회장님. 갑시다."

"네."

답한 미경이 이 회장에게 목례를 건네더니 열심히 태호의 뒤를 따르기 시작했다. 그러던 그녀가 회장실을 벗어나자마자 제자리에 멈추어 섰다. 자연히 태호의 걸음도 멈추어졌다.

"우리 자판기 있는 곳으로 가서 얘기 좀 해요."

"우리 회사에는 자판기가 없습니다."

"어머, 지금 나한테 존댓말 썼어요?"

"공적인 자리입니다."

"그 표정, 그 말투… 너무 생경하네요. 그래도 반갑게 맞아 주길 바랐는데……."

시무룩한 표정의 그녀를 보고 태호가 말했다.

"미인 선발 대회에 나갈 줄은 전혀 몰랐습니다."

"홍, 이게 다 태호 씨 때문이에요."

"네?"

어안이 벙벙한 태호를 보고 생긋 웃은 미경이 말했다.

"올해부터 미스 삼원이 선발된다는 응모 요강을 보고 뒤돌아보지 않고 교사직을 내팽개쳤죠. 왜인지는 다 아시죠?"

"모르겠습니다."

태호가 퉁명스럽게 말했음에도 불구하고 여전히 미경은 미소를 잃지 않고 말했다.

"내가 좋아했던 사람인데 최소한 어디서 무엇을 하고 있는지는 열심히 추적하고 있었죠."

"궁극적 저의가 무엇입니까?"

"어머, 저의라니요? 저도 밥벌이 삼아 취직한 거고요. 누가 또 알아요. 전국적으로 얼굴 팔리면 태호 씨보다 나은 사람으로부터 청혼이 들어올지?"

"따라와요."

태호가 갑자기 말과 함께 빠른 걸음으로 걸어가기 시작했다. 복도에 하나둘 서서 두 사람을 손가락질하며 대화를 나누는 모습이 늘어나자, 태호가 급히 미경을 데리고 기획실로 가고 있는 것이다.

미경을 데리고 자신의 방으로 돌아온 태호가 먼저 소파에 앉으며 미경에게 말했다.

"이쪽으로 와서 앉아요."

"먼저 인사를 시켜주는 것이 예의 아닐까요?"

눈짓으로 이 양을 가리키며 하는 말에 태호가 이 양에게 말했다.

"이 양, 이리 와서 인사 나눠요."

곧 다가온 이 양이 먼저 목례를 건네며 말했다.

"언니, 반가워요. 이렇게 실물을 뵙게 되다니."

"몇 살?"

"스물넷이에요."

"난 여덟."

"프로필 봤어요. 내년에는 참가도 못할 뻔했다. 그죠?"

"맞아. 올해가 마지막이었지. 미인 선발 대회에 관심이 많나 봐?"

"그럼요. 나도 한번 참가해 볼까 고민해 봤다고요. 기회는 이제 4년 남았는데……."

"만으로 28세까지니까 5년 남지 않았을까?"

완전히 변한 미경의 행동과 둘의 끝없는 수다에 태호가 고개를 절레절레 내젓는데, 둘의 수다는 계속되고 있었다.

"우리 친하게 지내요."

"네, 언니! 반가워요."

둘은 새삼스럽게 악수까지 나누며 호들갑을 떨었다. 이에 태호가 묵직한 음성을 토해냈다.

"업무 시간입니다."

"알아요. 우리도 초면이라 인사 나누고 있으니 업무의 연장이라고요. 태. 호. 씨!"

미경이 스타카토로 한자 한자 딱딱 끊어 태호의 이름을 부르자, 이 양이 고개를 갸웃하며 말했다.

"태호 씨? 둘의 사이가 벌써 그렇게 발전한 거예요?"

흠칫한 미경이 손까지 내저으며 강하게 부정했다.

"절대, 절대 그런 사이 아니니 오해 말아요. 순간적으로 장난 한번 쳐본 거라고요."

"해명하는 말이 더 이상하네요."

이 양의 말에 태호가 나섰다.

"이 양, 쓸데없는 소리 말고, 가서 업무 봐."

"네."

시무룩한 표정으로 돌아서는 이 양은 거들떠보지도 않고 태호가 미경에게 말했다.

"홍보팀 구성과 인사에 대해서는 서 양에게 전적으로 맡기겠으니 알아서 구성해 주세요."

"고맙습니다. 많이 배려해 주셔서. 그런데 광고 촬영은 언제 하죠?"

"너무 늦었으니 내일이라도 찍는 것으로 하죠."

"복장은 어떻게 할까요?"

"상큼 발랄하게."

"알았어요. 참, 신입 사원 환영회 같은 것은 없어요?"

"술 마시고 얼굴 부으면 촬영에 지장 있으니 다음 기회로 미룹시다."

"네. 한데 내 자리는 어디죠?"

태호가 자리에서 벌떡 일어나며 말했다.

"따라와요."

다른 사람 같았으면 이 양을 시켰을 일인데 태호는 손수 안내를 자처했다.

곧 총무팀장 차동철에게로 온 태호가 그를 보고 말했다.

"여기 홍보팀장 자리 하나 마련해 줘요."

"기획실 내에 말입니까?"

"그렇습니다."

"알겠습니다."

곧 그녀를 총무팀장에게 인계한 태호는 자신의 방으로 돌아와 본연의 임무를 시작했다.

*   *   *

다음 날 아침.

오전 7시, 태호가 회사에 도착해 막 엘리베이터를 타는데 딱 한 명 선객이 있었다. 원수는 외나무다리에서 만난다는 표현이 맞는지 모르겠으나 서미경이었다.

"무슨 출근을 이렇게 일찍 합니까?"

"나 부지런한 것 몰라요? 일찍 일어나는 새가 모이도 많이 먹고. 우리 집 가훈이 근면이에요. 꼰대 왈, '근면 하나만 실천해도 평생 배는 곯지 않는다'입니다."

"그런데 사람이 왜 이렇게 변했습니까? 옛 모습은 전혀 찾을 수가 없네요."

"또 차이긴 싫으니까요. 이젠 더 이상 순진한 척, 내숭 떨며 살지 않기로 했어요."

"전에는 그럼 내숭이었습니까?"

"아니, 그것도 내 모습이죠. 하지만 달라지기로 굳게 결심했어요."

둘이 여기까지 대화를 나누다 보니 어느덧 18층에 도착해 엘리베이터에서 내리게 되었다.

업무를 시작하자마자 태호는 회장실로 향했다. 곧 그와 마주 앉은 태호가 말했다.

"오늘 서 양과 빼빼로 광고 촬영이 있습니다."

"자리를 비우겠다고?"

"네. 그리고 한 가지 건의드릴 사항이 있습니다."

"뭔데?"

결재 서류를 검토하다 바로 소파로 와서인지 아직도 돋보기를 끼고 그 너머로 바라보는 이 회장을 향해 태호가 말했다.

"사내 휴게실 및 복도 등에 커피 자판기를 설치했으면 합니다. 이미 설치한 회사도 많습니다."

"남이 죽으면 따라 죽을 거야?"

"그게 아니라 제 돈으로 자판기에서 빼먹으면 그만큼 회사 내 커피 소비가 적을 것이고, 또한 그 이익금을 종업원들의 복지 기금으로 활용한다면 일거양득이 아니겠습니까?"

"좋은 안이긴 한데, 부사장이 꼭 알아두어야 할 게 하나 있어. 뭐냐 하면……."

여기서 단어가 잘 생각나지 않는지 잠시 뜸을 들이던 이 회장이 다시 말하기 시작했다.

"대청을 내주면 안방까지 내달라는 게 일반적인 사람들의 속성이야. 그러니 자꾸 종업원 복지, 복지 말하지 말란 소리야."

"알겠습니다."

"일단 좋은 안이니 시행하도록 해."

"네, 회장님!"

태호는 목례를 건네고 회장실을 나왔다. 참고로 우리나라 커피 자판기는 1977년 롯데상사에서 최초로 400대가 수입되었다. 다시 기획실로 돌아온 태호는 미경을 불러 광고 촬영 건을 말하고 함께 움직이기 시작했다.

곧 지하 주차장으로 내려온 두 사람은 태호의 차에 타고 삼원그룹과 광고 촬영 계약을 맺은 선 필름 스튜디오로 향했다. 가는 도중 미경이 물었다.

"운전면허는 언제 땄어요?"

"작년에."

"진짜 나 안 좋아해요?"

"좋아했어."

"그런데?"

"다 야심 때문이지."

"사내의 소문을 들으니 회장 막내딸과 그렇고 그런 사이라는데 사실이에요?"

"부정할 수가 없네."

"참나……!"

어이없는 표정을 짓던 미경이 마구 자신의 머리를 헝클더니 한동안 머리를 무릎 사이에 묻고 아무런 말도 하지 않았다. 그런 그녀가 가엾기도 해 태호가 부드러운 음성으로 말했다.

"머리를 그렇게 헝클면 촬영에 지장이 있지 않겠어?"

"상관 말아요. 다시 빗으면 되지."

이후 실내에는 계속해서 정적이 내려앉았다. 한참 후 이 정적을 깬 것은 미경이었다. 종전과는 전혀 다른 처연한 표정이었다.

"어떻게 하면 다시 돌아올 수 있는데요?"

"모든 게 끝났어."

"뭐라고요? 너 정말 그럴 거야?"

처음 들어보는 미경의 발작적인 고함에 어지간해서는 당황하지 않는 태호도 움찔하지 않을 수 없었다. 그러나 곧 냉랭한 표정을 지은 태호가 말했다.

"우리 더 이상 3류 신파극은 연출하지 말자."

"좋아! 네 말대로 하자. 그 대신 내가 얼마나 악독하게 변하는지 절실하게 느끼게 해줄 거야. 여인이 한을 품으면 오뉴월에도 서리가 내린다는 말 들어봤지?"

"마음대로 해!"

"흥! 어디 두고 보자!"

빠드득 이까지 갈아붙이는 미경을 보고도 태호는 여기서 밀리면 절대로 안 된다는 생각에 오히려 빙긋 미소까지 지으며 부드러운 음성으로 미경을 불렀다.

"미경아!"

"왜?"

"왜 이렇게 나한테 집착하니? 이 세상에는 나보다 잘난 놈들도 훨씬 많잖아."

"내게는 네가 첫사랑이자, 끝사랑이라고 결정했기 때문이야."

"허, 참 이거……."

"동향인 너를 만나 첫눈에 반한 나는 내 모든 것을 다 주었어. 지금 당장에라도 원하면 순결마저 줄 수 있어. 그러니 날 버리지 마. 사랑해! 태호야!"

뚝뚝 눈물까지 떨어뜨리며 어깨에 기대어 오는 미경을 차마 떨칠 수 없어 잠시 그대로 있던 태호가 슬며시 그녀를 밀어내며 조용히 물었다.

"내가 잘되는 게 싫으냐?"

"이런 벽창호 같은 놈!"

오늘따라 유독 감정 기복이 심한 그녀를 보고 태호는 깊은 한숨과 함께 운전에 열중했다.

                    *   *   *

　촬영은 결코 쉽지 않았다. 처음의 계획대로 연인 관계인 두 사람이 빼빼로를 입에 물고 있는 미경에게, 태호가 이를 먹으며 그녀의 입술로 접근하는 장면을 찍는 것이었다. 하나는 만약을 고려해 그녀의 입술 가까이 갔고, 하나는 초입부분만 진행하다 마는 장면 두 가지를 찍는 것이었는데 자꾸 NG가 났다.

　미경이 가늘게 떨거나, 아니면 너무 적극적으로 나와 촬영 기사도 폭소를 터뜨렸지만 둘만은 결코 웃을 수가 없었다. 아무튼 많은 시간을 소비해 이렇게 저렇게 하다 보니 원하는 장면을 찍기는 찍었다.

　그런데 문제는 이 광고를 어떻게 방송에 내보내느냐는 것이었다. 90년이 되어야 개국하는 SBS도 없는 시절. 광고를 내보낼 수 있는 곳이라야 MBC와 KBS2 채널뿐이라 광고 물량이 포화 상태였다.

　따라서 광고 시간 따내기가 정말 하늘의 별따기처럼 어려운 시절에, 그것도 황금시간대를 배정받는다는 것은 무척 어려운 일이었다. 그래서 결국 태호는 회사로 돌아오자마자 현 대통령 비서실 공보비서관이자, 정무수석비서관인 허무도에게 전화를 넣었다.

　그와의 통화로 KBS와 MBC사장과의 통화가 가능했고, 그들은 각각 자사의 광고국장을 내보내 상담에 응하게 했다. 태호는 그들과의 상담을 통해 7시부터 10시 사이의 황금 시간대에 시차를 두고 많은 광고를 끼워 넣을 수 있었다.

줄을 대었다 하나 그들도 상도의가 있는 것이다. 그래서 태호는 당시 1분짜리 광고 한 달을 내보는데 600만원에서 800만원 하던 것을, 파격적으로 800에서 1천만 원까지 주며 기존 광고의 계약 연장을 거부하는 것으로 끼워 넣었다.

그리고 돈을 그렇게 많이 줄 때에는 연속되는 광고 송출 시간대 제일 앞자리에 방송되는 조건이었다. 그래도 올(81년) 1월 1일부터 양 방송사 모두 컬러 방송을 실시함으로써 본격적인 컬러 시대가 열린 요즈음, 컬러풀한 광고는 기대 이상의 선전 효과에 판매고를 올려줄 것을 태호는 믿어 의심치 않았다.

아무튼 이런 속에 빠르게 시간이 흘러 드디어 8월 1일.

맥콜과 빼빼로 광고가 각각 8시와 9시에 첫 전파를 타기 시작했다. 광고 촬영이야 미리 해놨지만 맥콜이 세상에 나오기 시작한 것이 7월 20일 경이라 이제야 방송을 타기 시작한 것이고, 빼빼로는 반대로 제품 생산은 먼저 되었으나 방송 시간대 잡기가 어려워 이제야 편성된 것이다.

아무튼 두 제품의 광고가 나가고 얼마 안 있자 생산이 미처 소비를 못 따라가는 과히 신드롬이라 불러도 손색이 없을 정도로 불타나게 팔려 나가기 시작했다.

솔직히 맥콜 광고는 광고 내용도 있지만 조용필의 인기에 힘입은 바가 컸다. 그러나 빼빼로만은 비록 방송심의 규정에 걸려 빼빼로를 태호가 먹어 들어가는 흉내에 그친 내용만으로도, 젊은 남녀들 사이에서 선풍적인 인기를 끌었다. 광고 내용대로 '빼빼로 데이'라는 신조어를 탄생시키면서.

이 당시 모든 영화나 TV연속극에서 남녀 주인공의 키스 장면은 절대 허용되지 않았다. 우산을 가리고 하거나 흉내만 내는 선에서 그치는 수준에서 두 사람의 애정 행각(?)은 무한한 상상력을 자극하며, 청춘 남녀가 따라 하거나, 게임으로 변질(?)되어 판매고를 올리는 기폭제가 되었다.

뿐만 아니라 이미 광고 방송이 시작된 자일리톨 껌 역시 껌 시장을 석권하기 시작했고, 부드러운 고급 아이스크림의 선두 주자인 빵빠레와 월드콘 역시 성수기를 맞아 불티나게 팔려 나가기 시작했다.

이렇게 되자 이 회장의 입이 연일 귀에 걸려 허허거리고 다니는데 예상치 못한 문제가 발생했다.

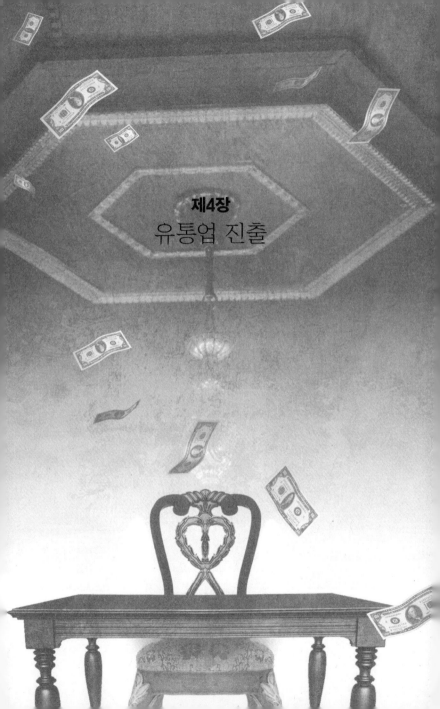

제4장
유통업 진출

8월 17일 오전.

예년에 보면 대개 8.15 광복절을 기점으로 불볕더위도 누그러지고, 아침저녁이면 조금 숨통이 트일 정도로 찬바람이 살랑거리는데, 올해는 전혀 그렇지 않았다.

이때가 되어도 연일 계속되는 폭염에 밭작물이 타들어가고 식수를 걱정할 정도까지 늦더위가 맹위를 떨치고 있었다. 그 바람에 맥콜과 천연사이다는 물론 탄산수까지, 3교대 생산을 해도 미처 생산이 못 따라갈 정도로 폭발적인 인기를 누리고, 아이스크림 역시 생산되는 대로 불티나게 팔리고 있었다.

이런 시점에 오전 업무를 시작하자마자 태호는 업무 현안을 보고하기 위해 회장실을 찾았다.

"어서 오시게, 요즘 정말 살맛 나네. 자네도 그렇지 않은가?"

"그렇습니다. 이제 꼬깔콘도 잘 팔려 나가고 치킨 가맹점 문의도 쇄도하고 있습니다."

"확실히 복덩이 하나를 집안에 들였어."

"이제 대중적인 수요를 충족시키기 위해 맥콜과 사이다 같은 음료수는 다섯 가지 용기에 담아 판매하려 합니다. 기존의 캔과 병에 이어 금번에 생산을 시작한 페트병은 355㎖, 500㎖, 1.5L에 담아 보다 많은 양을 원하는 고객의 수요를 충족시키려 합니다."

"페트병까지 생산된다니 좋구면. 한데 라면사업은 어찌 되고 있나? 올해 안에 개발이 끝나기는 하는 건가?"

"기존의 신라면에 이어 짜파게티, 왕뚜껑, 비빔면까지 얼마 전에 스프까지 개발이 완료되어 이제 본격적인 생산만 남았습니다. 아마 늦어도 11월부터는 본격적인 생산이 이루어질 것이고, 그 안에 광고 제작도 끝내려 합니다."

"좋았어. 자네가 우리 그룹에 입사한 이래로 순풍에 돛단 듯 사업이 술술 잘 풀려 나가니, 이대로 나간다면 조만간 매출이 배로 껑충 뛰는 것은 시간문제겠어."

똑똑 노크 소리가 들려온 것은 이때였다.

"들어와요."

이 회장의 말이 떨어지자마자 문을 열고 들어온 사람은 두 사람이 전혀 생각지도 못한 사람이었다. 효주였기 때문이다. 깜짝 놀란 이 회장과 태호였지만 이 회장은 관록을 과시하며 곧 표정을 수습하고 효주에게 물었다.

"아니, 너 학원은 안 가고……?"

"드릴 말씀이 있어서요."

"집에서 하면 되잖아?"

"이 그룹에 관계된 일이라 공식적으로 이 회사에 찾아와 말씀드리고 싶었습니다."

"말투는 또 그게 뭐야? 그래, 용건이 뭔데?"

"저도 이 그룹에 몸담고 싶습니다."

"무슨 뚱딴지 같은 소리야. 얼른 시집이나 가!"

이 회장의 고함에도 효주는 표정 변화 없이 여전히 진지한 자세로 말했다.

"기획실에 근무하고 싶습니다, 회장님!"

"나 원 참……!"

기막힌 표정으로 한동안 효주만 요모조모 탐색하던 이 회장이 여전히 꼿꼿한 효주를 보고 물었다.

"너, 그 말 진심이냐?"

"네, 회장님!"

"흐흠……!"

침음하며 한동안 생각에 잠겼던 이 회장이 말했다.

"아무리 생각해 봐도 네가 회사 생활을 하면 그만큼 시집 가는 것만 늦어지고, 별 도움이 안 될 것 같다. 그러니 딴생각 말고 시집갈 준비나 해. 알았어? 몰랐어?"

가부장적 권위를 대표하는 이 회장답게 종내는 고함으로 끝나는 아버지의 말에 효주 또한 고함치듯 말하고 급히 회장 실을 빠져나갔다.

"그렇게는 못 하겠습니다."

"저, 저놈이……!"

효주의 무례한 행동에 반사적으로 말하던 이 회장이 잠시 후에는 길게 한숨을 내쉬며 태호에게 물었다.

"휴……! 자네 생각은 어떤가?"

"일장일단이 있는 것 같습니다."

"계속해 봐."

"좋은 점은 결혼해서도 직장 생활을 할 수 있으니 일상이 무료하지 않을 것이고, 좋지 않은 점은 육아를 등한시할 가능 성이 크다는 점입니다. 결혼도 늦춰질 개연성이 크고요."

"내 말이 그 말이야. 얼마 전까지만 해도 올 가을로 미루지 않았어? 그런데 갑자기 무슨 심경 변화인지 몰라도 저렇게 나오니 나도 좀 당혹스럽군."

"짚히는 것이 있긴 합니다만……."

"뭔데?"

"정확한 추측이라고 자신할 수는 없습니다만, 서미경 양과 저와의 빼빼로 광고가 전파를 타고난 후부터 조금씩 행동이 이상하긴 했습니다."

"질투심이란 말인가?"

"정확한 것은 모르겠습니다."

"질투심이라면 빨리 혼인을 하는 것이 결국 승자가 되는 지름길 아닌가?"

"그래도 저와 서 양이 한 사무실에 근무하고 있는 것을 아는 한 불안할 겁니다."

"하하하! 그렇게 되는가? 그렇다면 두 사람을 분리시켜 놔야겠군."

태호가 무언으로 긍정을 하자 이 회장은 비로소 답을 찾았다는 듯 얼굴에 미소가 피어났다.

*　　　　*　　　　*

태호가 자신의 방으로 들어서자 건설 부사장 문창수가 기다리고 있다가 벌떡 일어나 깍듯이 인사를 했다.

"안녕하십니까? 부사장님!"

고개를 끄덕이며 태호가 그에게 물었다.

"차 한잔하셨습니까?"

"네."

그의 대답을 들으며 태호는 그의 맞은편 소파에 앉았다. 그리고 그에게 시선을 주며 물었다.

"무슨 일로?"

"일감 때문입니다, 부사장님!"

"아직 증설이 끝나지 않았습니까?"

"미리미리 대비해야죠."

"그야 그렇습니다만……."

말을 길게 끌며 태호는 생각에 잠겼다. 초정 공사는 밤낮으로 공사를 강행해 이제 모두 끝나, 현재는 증축을 통한 본사의 라인 증설을 꾀하고 있는 중이었다. 라인 증설이라는 것은 전문 도비꾼과 공무 부서에서 할 일이니 증축이 끝나면 이들의 일감이 없는 것도 사실이었다.

그렇지만 오일쇼크가 끝나고 저유가 시대로 접어들자 중동에 진출했던 많은 기업들이 국내로 U턴하는 바람에 정부 공사의 수주는 하늘의 별 따기만큼 어려워진 게 현실이었다.

그래서 현실적 대안으로 건설 직원들을 놀릴 수도 없으니 자체 부동산을 개발해 이익을 남기고자 부동산 개발회사를 설립했지만 자본 회전이 느린 것이 큰 흠이었다.

전생에서의 집값과 맞먹는 전세가 보다 1/10밖에 안 되는 현실의 전세가도 성에 차지 않았고, 빌딩을 지어 월세를 받는 것도 투자한 자본에 비하면 큰 득이라 볼 수 없어 태호는 요즘 이 때문에 고심에 고심을 거듭하고 있었다.

그러다 요즘 적극적으로 검토하고 있는 것이 백화점이나 대형 할인 마트였다. 이는 사들인 상품을 즉시즉시 현금화할 수 있으니, 그룹의 현금 창고나 다름없어 좋았지만 하나 꺼려지는 점도 있었다.

모든 그룹이 그렇게 생각하고 있기 때문에 이후 우후죽순처럼 대형 할인 마트다, 창고형 마트다 해서 너도나도 뛰어드니 경쟁이 치열해질 것이라는 점이었다. 그러나 현재로서는 기회인 것만은 분명했다.

현재는 미도파와 작년에 문을 연 롯데백화점 두 군데밖에 없었다. 현대도 85년이나 되어야 문을 여니 아직 3년의 시차가 있었다. 아무튼 지금은 유통업이 처녀지나 다름없지만 80년대 중반이나 후반에 들어서면, 이 유통업이 현금화 창고 외에도 황금 알을 낳는 거위라는 인식에, 너도나도 이 업에 뛰어드는 것이 문제였다.

이래서 고심하던 태호는 곧 결단했다. 지금이 유통업에 뛰어들 적기인 데다, 그때가 되면 안정적 운영을 하다가 IMF 사태를 전후로 수많은 기업들이 유동성 위기를 겪으며 줄줄이 쓰러지는 것을 집어삼키겠다는 복안이었다.

이내 결심한 태호가 문창수에게 말했다.

"곧 대책을 세우겠으니 일단 하던 일부터 잘 마무리 지으세요."

"알겠습니다, 부사장님!"

그가 꾸벅 인사를 하고 물러가자 기다렸다는 듯 치킨의 장철순 사장이 문을 열고 들어왔다.

"안녕하세요? 부사장님!"

"이쪽으로 와 앉아요. 커피 한잔하시겠습니까?"

"주시면 감사히 먹겠습니다."

"이 양 여기 커피 두 잔 부탁해."

"네."

대답과 이 양이 자리에서 일어나 밖으로 향했다. 이를 보고 태호가 빈정거리듯 물었다.

"이제 커피 타는 것도 꾀가 나는 거야?"

"그게 아니라 커피가 마침 떨어져, 자판기에서 뽑아오려고요."

"미리미리 준비를 해야지."

태호의 말에 샐쭉한 그녀가 빠른 걸음으로 문 밖으로 사라졌다.

이 양의 말대로 지금 본사 건물 및 공장에는 휴게실은 물론 복도 곳곳에 일본에서 수입한 자판기가 설치되어 있어 누구나 뽑아 먹을 수 있었다. 금액은 커피 한 잔에 100원으로 책정되어 있었다. 아무튼 태호가 치킨 부문 연구소장으로 있다 그대로 삼원치킨 사장으로 옮겨간 장철순에게 물었다.

"무슨 일입니까?"

"텔레비전 광고로 인해 문의가 폭주하나 문제가 좀 있어서요."

"……."

말없이 태호가 그를 바라보자 장 사장이 말했다.

"막상 가입을 시키려니 가맹 보증금이 기간 만료와 함께 소멸되는 것, 또 광고비가 가맹비에 포함되지 않는 것, 또 고정 수수료가 천편일률적으로 10%나 책정되어 있는 것이 가입하려던 많은 사람들의 불만을 사, 계약을 않거나 미루고 있는 것이 현 실정입니다."

장 사장의 말에 내부 규정을 자세히 몰랐던 태호는 손수 밖으로 나가 법무팀장 고경화를 데리고 들어왔다. 그리고 장철순에게 종전의 말을 되풀이하게 하니 그녀가 답변했다.

"가맹비가 없으므로 계약 기간에 걸쳐 소멸되는 것이 타당합니다. 그리고 광고비는 우리가 광고를 함으로써 가맹점도 같이 혜택을 보는 것이니, 그들도 분담하는 것이 당연합니다.

또 고정 수수료 10%가 절대 비싸지 않다고 생각합니다."

"흐흠……!"

고경화의 말을 듣고 잠시 생각에 잠겼던 태호가 그녀에게 물었다.

"로열티도 있을 것 아닙니까? 그건 몇 %입니까?"

"매출액의 5%입니다."

"좋습니다. 그럼, 이렇게 하죠. 즉, 가맹 보증금을 가맹비로 바꾸어 점포의 크기나 상권에 따라 차등 부여하고, 광고비와 고정 수수료 또한 매출액과 연동을 시키세요. 그래야만 형평성에 맞고, 가입자들이 손해를 덜 보아 오래 장사할 수 있지 않겠습니까? 이는 또 이를 지켜보던 많은 사람들이 신규 가입을 신청하는 계기가 될 것이고, 이것이 곧 대형 체인점을 완성하는 지름길이 아닌가 합니다."

"……."

태호의 말에 무어라 입을 열려 벙긋벙긋하던 그녀가 말했다.

"일단 그런 쪽으로 검토를 해보겠습니다. 그러나 본사의 고정 비용도 줄여야지 그렇지 않으면……."

"무슨 말인지 알겠습니다, 장 사장님!"

"네."

"법무팀장의 말대로 최대한 본사 고정비용을 줄이는 것으로 하세요."

"알겠습니다. 부사장님!"

이때 이 양이 차를 들고 들어왔으므로 태호는 자신의 커피를 사양하는 고경화에게 주었다. 그리고 기다렸다 곧 이들이 나가자 이들과 함께 밖으로 나가 복도에서 커피를 손수 뽑아 먹었다.

이날 오후.

태호는 점심시간 무렵 사무실에 들른 정보부장 정태화를 자신의 방으로 불러 몇 가지 지시를 내렸다.

첫째, 현 대한민국의 유통 실태를 상세히 조사할 것.

둘째, 강남에 백화점을 건립할 땅을 조사하되 우선 압구정을 중심으로 할 것.

셋째, 호텔 건설에 대한 타당성 검토도 동시에 진행할 것. 그리고 타당하다면 이 역시 강남을 중심으로 그 용지를 알아볼 것 등이었다.

태호가 호텔에도 갑자기 관심을 갖게 된 것은 머지않아 개최될 아시안게임과 올림픽도 있지만, 이 역시 아직 초창기였기 때문에 선점의 효(效)를 누리려는 것이었다.

이날 퇴근 시간 무렵이었다. 퇴근 시간이 다 되어 막 자신의 방을 나서려는데 서미경이 불쑥 부사장실을 찾아들었다. 그리고 딱딱한 표정으로 말했다.

"드릴 말씀이 있습니다."

"할 말이 있으면 하세요."

"나가서 말씀드리고 싶습니다."

"그냥 여기서 하세요."

두 사람의 대화에 퇴근하려다 멈추어 서서 둘의 대화를 유심히 듣고 있는 이 양을 힐끗 바라 본 서미경이 말했다.

"기밀 사항이에요."

태호가 난처한 표정으로 서 있는데도 이 양은 요지부동 그자리에 서서 두 사람의 대화에 지대한 관심을 표하고 있었다. 이에 어쩔 수 없이 태호가 말했다.

"그럼 나갑시다."

말없이 서미경이 태호의 뒤를 따르고 이 양도 따라왔다. 그러거나 말거나 앞장선 태호가 자판기 쪽으로 향하자 서미경이 말했다.

"단둘만 있는 조용한 곳에서 말씀드리고 싶습니다."

어쩔 수 없이 태호가 엘리베이터를 타고 지하 주차장까지 내려왔다. 미경이야 함께하는 것이 당연했지만, 이 양마저 이곳에서 내리자 태호가 호통치듯 말했다.

"왜 여기까지 따라와?"

"재미있을 것 같아서요."

"뭐야? 어서 퇴근해."

"싫어요."

어이가 없어 잠시 그녀를 노려보던 태호가 말없이 자신의 차로 들어가며 서미경에게 말했다.

"타요."

"고마워요."

"나도……."

"됐어!"

이 양마저 타려는 것을 제지시킨 태호가 시동을 걸자마자 급출발을 하자 뒤에 남은 이 양의 입모양이 '쳇, 쳇!' 소리를 연발하는 것으로 보였다.

사내를 빠져나온 태호가 미경을 보고 말했다.

"할 말 있으면 빨리해요."

"사람이 왜 이렇게 무드가 없어요? 기왕 이렇게 된 것, 어디 가서 저녁 식사나 함께하죠."

"그럴 시간 없으니 어서 할 말 있으면 빨리해요."

그러나 미경은 딴청이었다. 룸 미러에 자신의 얼굴을 비춰 보며 물었다.

"나 예쁘죠?"

"전혀!"

"흥!"

냉랭하게 콧방귀를 뀐 그녀가 딱딱한 음성으로 물었다.

"홍보팀을 17층으로 이전 배치시킨 것은 누구의 지시죠?"

태호 또한 순간적으로 몸에서 열이 나는 것을 느끼며 유리창을 내렸다. 그리고 딱딱한 어투로 답했다.

"회장님의 뜻입니다."

"회장님이 벌써 우리 둘 사이를 의심하시나요?"

태호는 주저 않고 답했다.

"그런 것 같습니다."

"그럼, 큰일인데……."

혼잣말처럼 중얼거리던 그녀가 말했다.

"유리창 좀 올려요. 머리 날리잖아요."

태호가 어쩔 수 없이 유리창을 올리자 그녀는 다시 룸 미러를 바라보며 머리를 손질하기에 여념이 없었다. 그러던 그녀가 말했다.

"그런 말을 들어서인지 몰라도 뭔가 좀 이상하네요. 내가 처음에 룸 미러를 볼 때 본 그 차가 지금도 계속 뒤를 쫓아오는 것 같아요. 청색 브리사 말이에요."

그녀의 말대로 바로 뒤에 쫓아오는 브리사를 확인한 태호는 그녀의 말이 맞는지 시험하기 위해 조금 가다 이면도로로 접어들었다.

그리고 조금 더 달리자 속도를 늦춘 그 차량이 거리를 두고 쫓아오는 것이 보였다. 그래서 태호는 다시 한번 우회전에 다른 길로 접어들었다. 그래도 그 차는 계속해서 쫓아오고 있었다. 일정 거리를 두기는 했지만.

확신을 한 태호가 미경에게 말했다.

"아무래도 미행을 당하고 있는 것 같습니다."

태호의 말에 미경도 불안한 눈빛으로 동조했다.

"그렇죠?"

말없이 고개를 끄덕인 태호가 말했다.

"그냥 헤어지면 이상할 것 같으니, 가까운 다방에서 차 한 잔 마시고 헤어지는 것으로 합시다."

"그래요."

곧 태호는 도로변을 훑다가 '길 다방'이라는 간판을 보고 차를 세우고 내리며 미경에게 말했다.

"뒤돌아보지 말고 바로 쫓아와요."

"네."

곧 두 사람은 어두컴컴한 지하 다방으로 들어섰다. 안으로 들어왔으니 차를 안 마실 수도 없는 노릇. 이에 태호가 카운터 가까운 곳에 자리를 잡고 커피를 주문하는데, 그녀 또한 고개를 끄덕이는 것으로 역시 커피를 주문했다.

두 사람이 우두커니 앉아 있는데 두 사람이 주문한 커피가 금방 나왔다. 이를 보고 미경이 다방 아가씨에게 물었다.

"왜 계란은 안 줘요?"

"하하하!"

미처 다방 아가씨가 답하기도 전에 태호가 대소를 터뜨리자 미경이 화난 얼굴로 소리쳤다.

"왜 웃어요?"

웃음을 멈춘 태호가 답했다.

"아침이나 주는 것입니다. 모닝커피라고."

"그래요? 평생에 딱 한 번 아침에 다방에 들어가 봤는데, 계란을 주기에 다방에서는 커피를 시키면 계란도 주는 줄 알았죠."

태호가 말없이 웃고 있자 그녀가 물었다.

"17층 배치가 정말 회장님 뜻이에요?"

"맞습니다. 오늘의 미행 건도 그분의 뜻이 아닌지 모르겠습니다."

"그것 쌤통이다."

"무슨 말입니까?"

"우리의 관계가 들켜 두 사람이 파투 나면 나는 좋죠."

"지금 무슨 소리하는 겁니까?"

굳은 얼굴로 말한 태호가 자리에서 벌떡 일어나며 말했다.

"갑시다."

"차부터 마시고요."

미경이 말하며 느긋하게 차 마시는 광경을 구경하던 태호 또한 돈이 아까워서라도 단숨에 커피 잔을 비웠다. 약간 뜨거웠지만 내색을 않고 서 있으니 고소한 표정을 짓는 그녀였다.

계산을 하고 밖으로 나와 1층 현관에 서서 주변을 살피니 그 차도 멀찍이 떨어져 주차되어 있는 것이 보였다. 이를 보고 태호가 말했다.

"여기서 바로 집으로 가요. 나도 바로 집으로 갈 테니."

"알았어요."

집으로 돌아온 태호가 거실에 앉아 석간신문을 보고 있는 이 회장의 눈치를 살피고 있는데, 마침 주방에서 나온 박 여사가 태호를 보고 말했다.

"김 서방, 나 좀 보게."

"네, 장모님!"

태호의 '장모님' 소리에 박 여사의 표정이 평소와 다른 것을 보고 태호가 고개를 갸웃하는데, 현관을 벗어나 등나무 그늘로 향하던 박 여사가 걸음을 멈추고 물었다.

"바로 퇴근 안 하고 지금 어디서 오는 길인가?"

갈등하던 태호가 정직하게 대답하겠다는 생각하에 답했다.

"미스 삼원이라는 아가씨가 자리 배치에 항의하기 위해 만날 것을 요청하기에……."

"그런 대화라면 회사 내에서 얼마든지 가능한 것 아닌가?"

"……"

딱히 답할 말이 떠오르지 않아 태호가 머리만 긁적이고 있
자 그녀가 말했다.

"앞으로는 그 아가씨를 더는 사적으로 만나지 말게."

"네."

태호가 씩씩하게 답하자 그녀가 미소를 띠고 말했다.

"자네를 우리 집으로 들일 때 뒷조사를 안 했으리라 보는
가?"

태호가 멍하니 그녀만 바라보고 있자 계속해서 그녀가 말
했다.

"회장님 지시로 자네에 대한 뒷조사를 다 했네. 그 결과 서
미경이라는 아가씨가 자네의 오랜 친구라는 것도 잘 알고 있
었지. 그런데 두 사람의 관계가 딱 정리되는 것을 보고, 이 문
제는 회장님께 전혀 보고를 안 했고, 우리 집으로 들인 것이
네. 그런데 이번에 이런 문제가 터질 줄은 나도 전혀 예상을
못 했어."

여기까지 말한 박 여사가 등나무 그늘로 걸음을 옮기며 계
속해서 말했다.

"그래서 차마 회장님께 보고는 못 드렸지만, 자네를 사내에
서도 감시하기 위해 전부터 회사 생활을 할까 말까 망설이던
효주를 꼬드겨, 회사 생활을 권하기도 했지. 내가 왜 이런 내
막을 다 털어놓는 줄 아는가?"

"글쎄요?"

"첫째는 자네를 놓치고 싶지 않은 것이 내 솔직한 심정이기 때문에 사전에 경고하는 것이고, 둘째는 효주의 질투심을 유발하자는 측면도 있네. 알았으면 앞으로 조심해서 행동하시게."

"감사합니다, 장모님! 이렇게 배려를 해주시니. 앞으로 그 뜻에 어긋나지 않게 사생활 관리를 철저히 하겠고, 그룹의 일에만 열과 성을 쏟겠습니다."

"내 뜻이 바로 그거야."

"고맙습니다, 장모님!"

"어서 들어가세. 회장님이 이상하게 생각할지 모르니까."

"네."

"혹시 회장님이 물으시면 별 이야기 아니었다고 답하고."

"네."

＊　　　　＊　　　　＊

그로부터 약 일주일이 흐른 월요일 아침.

업무가 시작되자마자 정태화가 들어와 보고를 시작했다.

"지난번에 지시하신 백화점과 호텔 건 말입니다."

"조사가 됐습니까?"

"네. 부사장님!"

"강북에는 지금 미도파, 롯데, 신세계 삼 개 사가 치열한 상권 경쟁을 벌이고 있고요. 강남에는 고속버스 터미널 옆에 연건평 9천 평 규모의 대형 쇼핑센터가 완공을 목전에 두고 있습니다. 삼신공영 것입니다."

"그래요? 이러니 조사를 않았다면 큰 시행착오를 겪을 뻔했군요."

태호의 말에 그렇다는 듯 고개를 끄덕인 정태화가 계속해서 보고했다.

"다행히 강남에는 백화점이 없었으나, 압구정동 쪽에 백화점 지을 만한 곳을 알아보니, 적당한 곳이 하나 있긴 한데 현대의 것이라 살 수 있을지 모르겠습니다."

그곳이야말로 3년 후 현대백화점이 들어설 곳임을 인지한 태호였지만 일체 내색을 않고 말했다.

"일단 그 용지는 내가 알아볼 테니 그런 줄 아시고, 다른 곳은 또 없었습니까?"

"동별로 백화점이나 호텔 모두 신축 가능한 매물이 많았습니다."

"흐흠……! 그렇다면 목 좋은 곳으로 서너 곳 자세히 알아보고 다시 보고해 주세요."

"알겠습니다. 부사장님!"

곧 그를 내보낸 태호는 사업이 보다 구체성을 띠자 일단 회장의 승낙을 받기 위해 회장실로 향했다. 태호가 노크를 하고 회장실 안으로 들어서니 효주가 와 있었다.

"왔어? 이리 와 앉아."

"네."

태호가 회장 맞은편에 있던 효주 옆에 나란히 앉자 이 회장이 말했다.

"이 녀석이 집에서 조르는 것도 모자라 이제는 회사까지 찾아와 조르네."

"웬만하면 근무케 하는 것도 괜찮을 것 같습니다."

"자고로 여자는 밖으로 내돌리면 못 써."

고루한 사고방식에 태호가 내심 혀를 차고 있는데 효주가 태호에게 물었다.

"태호 씨도 그렇게 생각하세요?"

"그렇게 생각했다면 회장님께 권하겠습니까?"

자신의 편을 들어주자 기분이 좋은지 미소를 띤 효주가 '이렇다는데요?'라는 표정으로 이 회장을 바라보았다. 그러나 이 회장은 더 이상 그녀와 상대할 마음이 없는지 태호에게 물었다.

"오늘은 용건이 뭐야?"

"강남에 백화점과 호텔을 신축했으면 하고요."

"우리 그룹도 유통과 서비스업에 진출하자고?"

"네. 앞으로는 강남이 강북보다 배 이상의 땅값이 오르는 등 발전 속도 또한 만인의 예측을 뛰어넘을 것입니다. 따라서 미리 선점한다면 승산이 매우 클 뿐만 아니라, 최소한 되팔기만 해도 그 어느 곳보다 많은 이익을 남겨줄 것입니다. 그런즉 제과와 빙과 음료수 쪽의 넘쳐나는 자금을 그쪽으로 소진하는 것이 어떻겠습니까?"

"흐흠⋯⋯!"

이 회장이 침음하며 생각에 잠기는데 갑자기 효주가 자리에서 반쯤 일어나 소리쳤다.

"바로 그거에요. 호텔이나 백화점 경영을 꿈꾸고 있었으나 우리 그룹에는 그런 것이 없어 청을 못 드렸는데, 이번에 그쪽으로도 진출하고, 저도 그쪽으로 발령내 주세요. 네?"

"네가 뭘 안다고⋯⋯?"

"아빠!"

자신을 무시하는 말에 효주가 발끈하자 태호가 말했다.

"그 어느 사업보다 섬세함이 필요한 쪽이 백화점과 호텔 분야입니다. 따라서 여성이 진출하기에는 아주 적합한 직종이라 할 수 있습니다."

"들으셨죠? 회장님!"

아빠와 회장님을 왔다 갔다 하며 조르는 효주를 보고, 태호가 이 회장 몰래 나만 믿으라는 듯 자신의 가슴을 두드리자, 말귀를 알아들은 효주가 고맙다는 눈인사를 전해왔다.

그러는 동안에도 두 눈을 지그시 감고 숙고에 숙고를 거듭하던 이 회장이 갑자기 눈을 뜨고 물었다.

"강남에는 현재 백화점이 없지?"

"네. 하지만 곧 강남터미널 옆에 대형 쇼핑센터가 문을 열 것 같습니다."

"어느 그룹인데?"

"삼신공영입니다. 회장님!"

"그놈들도 건설이나 하지, 유통 쪽은 왜 뛰어들어?"

"그쪽 사람 중에도 대세를 읽는 눈이 있는 것 같습니다."

"그래도 흑자가 나겠나?"

"당연히 납니다. 그들 가까운 곳을 피해 지으면 상권 부딪칠 염려도 없을 것이니, 충분히 승산이 있다고 판단하고 있습니다."

"좋아! 일단 땅부터 매입해 봐."

"네, 회장님!"

"우리 아빠는 정말 결단력 하나는 빨라서 좋아!"

"그렇게 아첨 안 해도 돼, 이놈아! 네놈에게 더 들볶였다가는 제 명에 못 죽을 것 같아 승낙한다."

"야호~!"

간만에 보는 딸의 환호에 이 회장 역시 미소를 띠고 그녀를 그윽이 바라봤다.

다음 날 아침.

효주가 이 회장의 승낙을 받고 공식적인 첫 출근을 하는 날이었다. 태호와 이 회장이 상의한 결과, 그녀는 기획실 산하 유통팀장에 내정되어 매우 들뜬 아침을 보내고 있었다.

파스텔 톤의 원피스를 입은 그녀가 출근을 서두르며 태호를 재촉했다.

"우리 빨리 가요."

태호의 차에 타려는 딸을 보고 이 회장은 자식은 품 안의 자식이지 키워놓으면 소용없다는 표정으로 이를 마뜩치 않은 표정으로 지켜보고 있었다.

말없이 걸음을 빨리하는 태호를 뒤쫓으며 효주가 말했다.

"출근이 너무 빠른 것 아닌가요? 공식적인 업무 시간은 8시 인데, 지금 출발하면 7시 전에 도착할 것 같아요."

"7시에 간부회의가 있습니다."

"그래요? 간부 노릇 하기도 힘들겠네요."

"남과 같은 정도로 해서는 남 이상 될 수 없다는 것이 제 슬로건입니다."

"하여튼 난 사람이 부지런하기까지 하니 아랫사람 노릇하기가 정말 쉽지 않겠네요."

빙긋 웃음으로 답한 태호가 차 문을 열어주자 그녀는 윈피스를 여미며 단정한 몸가짐으로 조수석에 탔다. 자신 또한 운전석에 앉아 안전벨트를 매며 그녀에게도 안전벨트를 맬 것을 권했다. 이에 효주가 응해 안전벨트를 매자 시동을 건 태호는 천천히 골목길을 빠져나가기 시작했다.

머지않아 본사에 도착한 태호는 간부 회의 시간에 효주를 그들에게 소개를 했다. 그리고 태호는 회의가 끝나자마자 정보부장 정태화와 효주만을 자신의 방으로 데리고 갔다. 두 사람을 소파에 앉힌 태호가 정태화를 보고 말했다.

"앞으로 백화점과 호텔을 주관할 사람입니다. 따라서 지금부터 함께 움직여 위치 선정에도 참여할 수 있게 해주시기 바랍니다. 물론 최종 결정은 회장님과 제가 상의해서 결정하겠습니다만, 일단은 그렇게 하도록 하세요."

"알겠습니다."

정태화가 답하자 태호는 총무팀장 차동철을 불러들여 두 사람이 보는 앞에서 지시를 내렸다.

"유통팀을 기획실 내에 별도로 자리를 마련하고, 광고도 일간지에 내어 백화점 호텔 각각 경력직 중심으로 전문가들로 10명 내외를 채용하도록 하세요."

"알겠습니다. 부사장님!"

"우선 유통팀장님의 자리부터 마련해 주시고요."

"네."

바로 그 자리에서 태호는 효주를 데리고 나가 자리를 마련해 주도록 하고 정태화에게 말했다.

"정 부장님은 저를 따라오도록 하세요."

"네."

태호는 차동철이 효주를 데리고 나가는 것을 보며 자리에서 일어났다. 그리고 그가 향한 곳은 복도에 있는 커피자판기가 있는 곳이었다.

곧 백 원을 넣어 커피 두 잔을 뺀 태호가 한 잔을 정태화에게 건네며 말했다. 물론 주위에는 아직 이른 시간이라 둘 외에는 아무도 없었다. 그리고 커피 값을 잔당 100원에서 50원으로 인하한 것은, 사내 커피치고 너무 비싸다는 항의가 빗발쳐 50원으로 내린 것이다.

"이미현 양에 대한 철저한 내사를 부탁드립니다."

"무슨 일이 있었습니까?"

"일개 타이피스트로서는 할 수 없는 일을 너무 많이 행하고 있어요. 그러니 그녀의 신상에 대해 철저히 내사해 주시기 바랍니다."

"알겠습니다."

이 말을 하는 것조차 자신의 방에서 하지 못하는 것은 출근조차 제멋대로인 그녀를 경계했기 때문임을 설명하는 태호의 입에는 씁쓸한 고소가 맺힐 수밖에 없었다.

8시 업무가 시작되어 정 부장이 팀원들과 함께 효주를 데리고 나가는 것을 본 태호는 자신도 차를 몰고 회사 밖으로 나왔다. 한국 투자 신탁을 찾아가는 길이었다.

자신이 쉬는 시간에는 이들도 쉬기 때문에 비록 사적인 일이지만 업무 시간을 이용할 수밖에 없었다. 태호는 그동안 전세금 700만 원을 가지고 어떻게 하면 보다 높은 수익을 올릴 수 있을까 고심했다.

땅이나 건물에 대한 투자를 먼저 생각했으나 그러기에는 돈의 액수가 너무 적었다. 그래서 금융 상품에 대해 알아본 결과, 근간에 발매되고 있는 고수익 상품을 알게 되었다.

'장기 보장 주식 투자신탁'이라는 상품으로 2년 이상 장기로 맡기면 연 31.92%, 2년 만기 시 63.84%의 높은 수익률을 보장하는 상품에 투자하기 위해 시간을 낸 것이다.

물론 근로자 재형저축이라는 상품도 있었지만 현재 월 40만 원 이하 봉급생활자까지만 가입이 가능했다. 그래서 지난번에도 정기 예금에 가입했던 것이고, 부사장 지위에 오르며 월급도 월 100만 원으로 인상된 지금 그는 가입 대상이 아니었기 때문에 일찌감치 포기한 바 있었다.

아무튼 볼일을 마치고 회사로 귀사하니 이 양이 말했다.

"회장님이 찾으시니 빨리 가보세요."

알았다고 답한 태호는 그 길로 곧장 회장실로 직행했다. 노크를 하고 문을 열고 들어가니 결재 서류를 검토하던 이 회장이 물었다.

"어디를 갔다 오나?"

"장기 보장 주식 투자신탁에 가입하고 오는 길입니다."

이렇게 운을 뗀 태호는 평일 외에는 가입할 수 없어 전세금을 그 상품에 넣었다는 말을 하니 이 회장이 말했다.

"자그마한 돈도 허투루 다루지 않으니 좋은 자세야. 그나저나 청와대에서 20대 재벌 기업들에게 오찬을 베푼다고 하니 가긴 가야겠는데 무슨 일인지 모르겠네."

"그들이 하는 짓이라는 게 뻔하지 뭐겠습니까? 정치헌금이 되었든 뭐가 되었든 기업들로부터 돈을 뜯어내자는 것 아니겠습니까?"

"그렇다면 다행이지만, 무슨 어려운 문제를 낼까 봐 나는 그게 더 걱정되네."

"만약 제 예상대로 정치헌금을 내는 것이라면 전경련에서 이를 각 그룹에 얼마씩 배분해 줄 겁니다. 그러면 우리는 그 배를 내겠다고 하십시오."

"미쳤나? 자네! 어떻게 하면 덜 낼까 고민해도 시원치 않을 판에 배로 내라고?"

"전두환 임기 내에 반드시 그 수십 배에 달하는 이익으로 돌아올 겁니다. 그러니 회장님, 제 말대로 해주십시오."

"흐흠……!"

한참을 고심하던 이 회장이 말했다.

"자네 예상대로 되지 않는 게 없고, 개발하는 상품마다 폭발적으로 팔려 나가 백화점과 호텔 쪽도 진출을 허용했네만, 정말 이번 일도 그렇게 될까?"

"틀림없이 그렇게 될 것이니 너무 염려 말고 그렇게 하십시오."

"좋았어! 자네 말 들어 실패한 것이 없으니 이번에도 자네 말에 따르겠네."

호쾌하게 말한 이 회장이 은근한 음성으로 태호에게 물었다.

"효주가 잘해낼까?"

"잘할 겁니다. 제가 옆에서 열심히 도울 거고요. 그렇게 하기 위해 기획실 내에 그 자리를 마련해 준 것 아닙니까?"

"물가에 내놓은 아이처럼 걱정이 돼서 말이지."

지나가는 말투로 말하는 이 회장을 향해 태호는 거듭 확신을 심어주었다.

"정말 잘될 것이니 너무 심려 마십시오."

"알겠네. 내 효주를 믿는 것이 아니라, 자네를 믿고 맡기는 것이니 잘 보살펴 주시게."

"네, 회장님!"

이렇게 대화를 마치고 난 이날 오후.

이 회장이 다시 불러 태호는 그의 집무실로 들어갔다. 그리고 태호가 채 자리를 잡기도 전에 말했다.

"자네 예상이 맞았네. 일국을 통치하다 보면 알게 모르게 비자금도 많이 들어간다고 성금을 강요했네. 이 일을 사전에 전경련회장에게는 귀띔했는지 회의가 파하자마자 각 그룹에 성금을 배정하더구먼. 재계 서열 1~5위까지는 2억 원, 6~10위까지는 1억, 11~20위까지는 5천만 원을 배정하기에 내가 즉석에서 1억 원을 낸다고 했더니, 정 회장의 눈이 휘둥그레지는데 과히 볼만하더구먼. 하하하!"

"잘하셨습니다. 회장님!"

통쾌하게 웃는 이 회장을 보며 태호는 아첨인지 칭찬인지 모를 말을 하며 자신도 빙그레 따라 웃었다.

그로부터 2주가 흐른 9월 초.

2주간 강남 일대를 돌며 백화점 및 호텔 용지를 보러 다니던 효주 및 정태화 부장의 보고에 태호는 올라도 너무 오른 땅값에 혀를 내두르고 있었다.

압구정동과 학동의 땅값이 평당 50만 원씩 한다는 보고에 태호는 너무 놀라 한동안 아무런 말도 못했다. 아무리 강남의 땅값이 폭등하기로서니 정말 자고 나면 오르는 듯해 놀라움을 금할 수 없었던 것이다.

그래서 태호가 여덟 곳의 후보지를 압축 선정해 왔지만 아직 결단을 못 내리고 있는데 때마침 삼원개발 사장이 찾아들었다. 이대환이라는 사람으로, 이 사람이야말로 그룹의 숨은 실세 중 하나라 해도 과언이 아닌 사람이었다.

지금까지 음지에서 그룹의 궂은일을 도맡아 처리해 온 금년 61세의 노인(?)이었다. 물론 그중에는 비자금 관리 같은 돈 문제도 관여하고 있었다. 그런 그를 이 회장이 금번에 그룹의 부동산을 전적으로 관리하는 삼원개발의 사장에 임명한 것이다.

그런 생각 때문인지 음습한 느낌을 풍기는 그를 태호는 환대할 수밖에 없었다.

"어서 오세요, 사장님!"

"오래간만입니다. 부사장님!"

"그런가요? 하하하!"

별로 웃을 일도 아니지만 밝게 웃은 태호가 물었다.

"무슨 일로······?"

"가락동 농수산 시장 건 말입니다."

"네."

"내년 4월에 건축 착공한다고 보상비가 나왔습니다."

"그래요? 평당 얼마씩입니까?"

"12만 원입니다."

"네? 겨우 12만 원?"

"그렇습니다. 그 때문에 많은 철거민들이 항의도 해봤지만 결국 받아들여지지 않았습니다."

"그럴 수가……?"

태호의 놀라움은 컸다. 당시 10만 평을 평균 평당 4만 원에 샀다. 물론 택지는 일부고 논밭이나 과수원이 더 많았다. 그런 것을 평당 12만 원씩을 보상받는다면 3배의 차익을 남기게 된다.

하지만 보상받은 돈 한 평값으로는 지금은 그 주변 땅 반 평도 재대로 살 수 없으니, 분명 남기긴 남겼는데 손해를 본 느낌이었다. 정보부장의 보고에 의하면 요즘 주변 시세가 평당 45만 원 전후라 했다. 그러니 어떤 면으로 보면 손해 아닌가?

그래도 목돈은 쥘 수 있겠다. 120억 원이 한꺼번에 들어올 것이니. 아무튼 태호가 놀라 말이 없자 이 사장이 죽는 시늉을 했다.

"차명 관리가 보통 힘든 것이 아닙니다. 여러모로 골치 아픕니다."

"물론 그러시겠지요."

개포·고덕·목동·중동·상계지구 등의 땅을 살 때 천 단위가 넘는 사람들 명의의 땅을 샀고, 그걸 그대로 차명으로 관리하고 있으니 정말 골치 아픈 일일 것이다. 그래서 태호가 그에게 위로 차원에서 말을 건넸다.

"요즘 보도를 보면 내년이면 개포나 고덕지구가 개발될 것 같습니다."

"하루라도 빨리 개발되었으면 좋겠습니다."

"방귀가 잦으니 곧 뭔 일이라도 일어나겠지요."

"회장님께는 별도로 보고드리지 않겠습니다."

"벌써 가시게요?"

"네."

자리에서 일어나는 이 사장을 따라 일어나며 태호는 그를 문밖까지 따라 나가 정중히 배웅을 했다. 회장에게 직보하지 않고 자신에게 먼저 보고하는 것이 자신을 인정하는 것 같아 기분이 매우 좋았기 때문이다.

물론 현 체제하에서 치킨이고 개발이고 모두 기획실에서 관장하고 있는 것은 사실이었지만, 이런 중대 내용은 회장에게 직보할 수 있는 성격이기 때문에, 그렇게 행했다 해도 탓할 수만은 없는 것인데 이렇게 자신을 예우하니 딴에는 흐뭇했던 것이다.

곧 회장실로 향한 태호는 이 회장에게 가락동 용지에 대한 설명을 하고, 그 비용으로 호텔이나 백화점 용지를 사들이겠다는 말을 했다. 분명 굴릴 돈이 있는데 제과 쪽에서 뺄 필요가 없다고 생각했던 것이다.

이 회장도 태호의 생각에 동의하고 곧 두 사람은 여덟 곳의 선정 용지 중 네 곳을 협의하여 낙점했다. 각각 압구정, 청담, 대치, 역삼동 등 네 곳으로 1,500평에서 2,000평 정도 되는 용지였다.

이어 두 사람은 협의를 더 진행하여 압구정에는 백화점, 청담동에는 호텔을 일단 하나씩 신축하기로 하고 더욱 구체적인 논의에 들어갔다. 그 결과 백화점은 지상 7층, 지하4층으로 연건평 11,000평 크기로 신축하기로 했으며, 호텔은 18층 규모로 건설하기로 하고 보다 구체적인 사항은 추후 논의키로 했다.

갑자기 이 회장이 자리를 뜰 일이 생겼기 때문이다. 청와대에서 경제수석이 부른다니 안 갈 수도 없는 노릇인 것이다.

*   *   *

이날 결과적으로 태호는 이 회장을 그의 집무실에서는 볼 수 없었다. 점심 때 가까이 되어 청와대로 들어갔기 때문에, 늦어도 오후 2시면 돌아오리라 생각했다. 하지만 그는 끝내 돌아오지 않았다.

오후 3시가 되어서야 회장 비서실로 전화가 왔는데 바로 집으로 퇴근하니 기다리지 말라는 내용이었다. 김재익 경제수석을 만나 무슨 이야기를 나눴는지 태호로서도 매우 궁금했지만 퇴근 시간까지 참는 수밖에 달리 도리가 없었다.

그러나 태호는 나름 집히는 것이 있었다. 구체적인 내용은 모르지만 분명 좋은 소식은 아닐 것이다. 이 회장의 성격상 좋은 내용이라면 바로 사내로 돌아와 태호를 불러 자랑이라도 하며 허허거렸을 것인데, 그렇지 않고 바로 퇴근했다는 것은 좋지 않은 내용임을 방증하는 것이었다.

그런데도 자신이 집으로 전화를 걸어 그 내용을 묻는다는 것은, 아무래도 그의 심기를 더욱 불편하게 하는 것 같아 참을 수밖에 없었다. 아무튼 태호는 퇴근 시간이 되자마자 바로 효주를 태우고 서둘러 집으로 향했다.

"다녀왔습니다."

태호는 퇴근 인사를 하며 현관 안으로 들어서자마자 거실을 둘러보았지만 이 회장은 거실에 없었다. 대신 박 여사가 안방 문을 열고 나오며 물었다.

"회장님 찾으시는가?"

"네."

"안방에 계시니 들어가 보시게."

"네."

이때야 효주도 무엇을 느꼈는지 박 여사에게 물었다.

"아빠한테 무슨 일 있어요?"

"정 궁금하면 너도 안방에 들어가 물어 보거라."

박 여사도 분명 무언가를 알고 있는 눈치였지만 말하고 싶지 않은지 그 말을 끝으로 주방으로 휑 하니 사라졌다. 곧 두 사람의 시선이 마주쳤지만 태호는 차내에서와 마찬가지로 아무런 말도 않고 먼저 안방으로 향했다. 그러자 효주도 그의 뒤를 따랐다.

"회장님!"

"끙……! 들어와!"

태호가 문을 열고 들어가며 부르자, 이 회장이 마지못해 괴로운 신음과 함께 자리에서 일어나며, 이마와 뒷목을 번갈아 잡으며 말했다.

"아이고 골이야. 뒷목도 뻣뻣한 거 같은데."

"혹시 혈압 오르신 거 아닙니까?"

"혈압은 무슨? 이날 이때까지 정상이었어."

"언제 체크해 보셨는데요?"

"한 삼 년 됐지. 아마?"

"연세가 드시면 수시로는 아니더라도 최소 6개월 단위로 한 번씩 체크해 보시는 게 좋습니다. 연세 드시면 정상인 사람도 혈압이 상승하는 것이 상례니까요."

"아빠, 그래요! 내일이라도 당장!"

효주의 말에 태호가 언성을 높였다.

"내일은 무슨 오늘 당장⋯⋯."

"일없다. 너희들, 저녁도 안 먹었을 것 아니냐?"

"그보다도 경제수석으로부터 언짢은 소리라도 들으셨습니까?"

"지 놈이 경제수석이면, 경제수석이지, 왜 우리 집안일조차 감 놔라 배 놔라 하는지 모르겠어?"

"혹시 편봉호 부사장⋯⋯?"

"그래! 그놈이 동문이랍시고 수시로 전화를 해서 죽는 소리를 한 모양이야. 미국 생활이 너무 힘들고 외로워서 못하겠다고."

"허허, 거참⋯⋯!"

태호조차 난감해하는데 이 회장이 정색을 하고 그에게 물었다.

"어찌하면 좋을까?"

"대통령조차도 '경제는 당신이 대통령이야!'라고 맡긴 사람인데 그의 말을 안 들으면 우리 그룹이 풍비박산 납니다. 그러니 전에 제가 진언드린 대로 귀국시켜 음료수나 빙과 쪽의 사장을 맡기심이 좋을 것 같습니다. 지난번에 구조 조정 한답시고 고위임원들에게 일괄 사표 받은 이래, 아무도 충원치 않아

제가 그 분야까지 담당하려니 힘이 들긴 듭니다."

"물론 그렇겠지. 흐흠⋯⋯!"

그래도 뜸을 들이며 생각에 잠겼던 이 회장이 갑자기 효주를 불렀다.

"효주야!"

"네, 아빠!"

"네 생각은 어떠냐?"

"언니도 불쌍하잖아요. 귀국시켜 함께 살았으면 좋겠어요."

"그렇게 마음이 여린 놈이, 유독 옆에 있는 녀석에게만 마음의 문을 안 열고⋯⋯."

"요즈음은 꼭 그렇지도 않아요."

효주의 말에 태호보다도 이 회장이 반색을 하고 달려들었다.

"왜 심경의 변화라도 생긴 것이냐?"

"미스 삼원인가 뭔가가 수시로 업무를 가장해 태호 씨에게 추근대는 것을 보면 저도 싱숭생숭해요."

효주의 말 그대로였다.

서미경은 태호가 아무리 냉담하게 대해도 업무를 빙자해 최소한 하루에 한 번 이상은 그의 방을 들락거리니 옆에서 이를 지켜보는 효주의 태도가 이상해지는 것도 당연했다.

태호에게 아주 쌀쌀맞게 대했다가 어느 날은 갑자기 없는 애교를 떠는 등 그 태도가 수시로 변했다. 그래도 태호는 여전히 두 사람에게 일정 거리를 두고 있었다.

서미경이 하는 짓을 이 양이 모두 지켜본다. 며칠 전, 정보부장 정태화가 내사 결과를 보고한 바에 따르면, 그녀는 한마디로 박 어사의 조정을 받는 첩자였던 것이다. 태호가 데려오기 전에는 회장을 감시하던 역할을 했고.

아무튼 이를 알고 난 후에는 더욱 미경에게 냉담하게 대할 수밖에 없었고, 효주에게도 일정 거리를 둔 이유는 그녀의 행위가 곧 질투라는 것을 알아챈 이상 그녀가 항서를 쓸 날이 얼마 남지 않았다는 판단 때문이었다. 그런데 자신이 너무 다가가면 혹시 그녀가 또 달아날까 생각해서였다.

아무튼 이런 미묘한 시점에 이 회장이 물었고, 효주는 숨기지 않고 자신의 심정을 그대로 표현한 것이다.

"당장 혼인 날짜 잡을까?"

이 회장의 물음에 효주가 머리를 저으며 말했다.

"아니요. 우선 약혼만 하는 것으로 해요. 그것도 10월 달에."

"뭐 하러 그렇게 번거롭게 해. 바로 혼인해 애 낳고……."

"아빠! 자꾸 그러시면……."

"알았다, 알았어. 네 말대로 일단 10월 달에 길일로 날 잡아 약혼만이라도 하는 것으로 하자. 자네도 들었지?"

"네."

태호가 겸연쩍은 표정으로 답하자 효주가 이 회장을 보고 물었다.

"아빠! 정말 괜찮으신 거예요?"

"그렇대도 그러네."

"제 생각으로는 오늘 곤란하시다면 내일이라도 꼭 병원에 가서 검진을 받으시는 게 좋을 것 같습니다."

태호의 말에 이 회장이 답했다.

"너무 걱정 마. 효주가 약혼이라도 한다니 천만근심이 싹 가신 느낌이야."

"정말이세요? 아빠!"

"그래, 이 녀석아! 하하하!"

"아빠의 만수무강을 위해서라도 제가 꼭 결혼을 하기는 해야겠네요."

"당연하지. 그것도 여기 있는 김 서방이 아니면 다 소용없는 일이야."

"쳇, 싸고돌기는……."

끝내 한마디 한 효주가 주방으로 향하자 이 회장도 갑자기 기지개를 켜며 말했다.

"아, 배고프다!"

정말 근심이 있으면 식욕도 사라진다. 그런데 효주의 말 때문인지 이 회장은 식욕이 당긴다는 표정으로 주방으로 향했다. 태호 역시 뒤를 따르며 그에게 다짐을 받으려 애썼다.

"내일은 꼭 병원에 가셔야 합니다?"

"알았다. 알았어. 더 조르는 거 귀찮아서라도 갈 테니 그런 줄 알고, 어서 밥이나 먹으러 가자."

"네, 회장님!"

비로소 원하는 대답을 들은 태호가 씩씩하게 답하고 그의 뒤를 따랐다. 아니, 원하는 대답은 진즉에 효주에게 들었는지도 몰랐다. 일단 약혼이라도 한다니 이제 자신의 지위가 더욱 공고해질 것을 믿으며. 아니, 자신이 그토록 원하던 사랑을 쟁취한 기쁨 때문인지도 몰랐다.

태호가 큰 소리로 씩씩하게 답한 것은.

다음 날.

태호는 열일을 제쳐놓고 효주와 함께 이 회장을 모시고 본사에서 가까운 큰 병원으로 가 혈압 검사를 했다. 그 결과 놀라운 수치가 나왔다. 수축기 혈압이 162mmHg 확장기 혈압이 112mmHg를 나타내 고혈압 판정을 받은 것이다.

이에 태호의 주장으로 이 회장은 즉시 2차 정밀 검사를 받았다. 고혈압은 관상동맥질환과 뇌졸중, 신부전 등 전신에 걸쳐 다양한 합병증을 일으켜, 이중 상당수는 환자의 생명과 건강을 직접적으로 위협할 정도로 심각한 문제를 발생시키기 때문에, 2차 정밀 검사를 받도록 한 것이다.

아무튼 이렇게 해서 2차 검진까지 받았으나 그 결과는 바로 나오지 않기에 이 회장은 병원의 처방약만을 받아 회사로 향하게 되었다. 회사로 가는 내내 이 회장은 심각한 표정으로 한마디 말이 없었다.

한마디로 큰 충격을 받아 시종 이것저것 생각이 많은 모습을 연출하고 있어, 동승한 태호도 함부로 말을 붙이기 어려워 차내의 분위기는 무거울 수밖에 없었다.

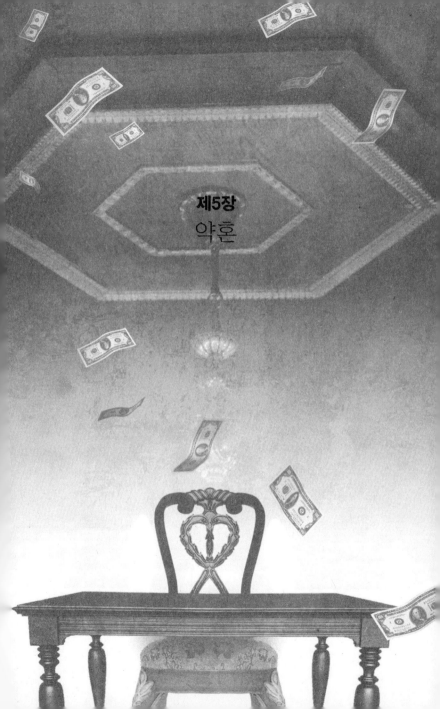

제5장
약혼

이 회장이 본사로 돌아오자마자 오철규 비서실장에게 편봉
호 부처의 국내 귀국을 지시하는 등 활발한 업무 처리를 하
는 것을 보고 태호는 안심했다. 곧 그와 어제 미처 처리하지
못한 호텔 건립 문제를 협의했다.

그 결과 2천 평 규모의 청담동에 특급 호텔을 짓기로 하고,
총 600실의 객실을 비롯해 12개의 레스토랑과 바, 5천 명 규
모의 첨단 컨벤션 센터 및 웨딩홀과 면세점, 카지노와 야외
레저 스포츠 시설 등의 설비를 갖추기로 결정했다.

이에 따라 태호는 곧 자신의 방으로 돌아와 건설 부사장

문창수를 불러 이 회장과 협의한 내용을 전하고, 백화점과 호텔의 설계에 들어가도록 했다.

$$* \qquad * \qquad *$$

　그로부터 3일 후.

　이날은 이 회장의 정밀 검진 결과가 나오는 날이었다. 그래서 태호는 효주와 함께 다시 그를 모시고 병원으로 갔다. 그 결과 특별히 이상 증세를 보이는 곳이 없다는 의사의 소견을 듣고 이 회장 일가 모두의 표정이 확연히 밝아졌다.

　특히 당사자인 이 회장이 의사의 노고를 치하하며 아랫사람들과 회식이라도 하라며 금일봉을 전달하는 것을 보면, 그의 기쁨이 얼마나 큰지 알 수 있었다. 고혈압 외에는 특별한 병이 없다는 진단에 이 회장이 한시름 놓았다는 듯 즐거운 기분으로 본사로 돌아오자, 마침 편봉호와 딸 예주가 귀국하여 이 회장에게 인사를 드리기 위해 기다리고 있었다.

　이에 이 회장은 두 사람을 자신의 방으로 불러들여 소파에 앉혀 놓고 몇 가지 당부의 말을 꺼내기 시작했다. 태호와 효주도 동석한 자리였다.

　"편 서방, 자네는 앞으로 매사 행동거지 조심하고, 김 부사장이 맡고 있던 음료와 빙과 쪽을 맡아 더욱 발전시키도록 해."

"감사합니다, 회장님!"

편봉호가 정말 감격한 얼굴로 급히 얼굴을 조아리자 예주 또한 덩달아 감사를 표했다.

"고마워요, 아빠!"

"너도 신랑 내조 잘하고, 서방 바람 안 피우게 단속 잘해. 네 행실도 똑바로 하고."

"알겠어요, 아빠!"

"피곤할 테니, 그만 가 쉬어라."

"네, 회장님!"

"네, 아빠!"

두 사람이 급히 인사를 하고 나갔다. 자신이 살던 옛집으로 향하는 것이리라. 그들 부부가 살던 집 역시 이 회장이 사준 것으로, 그들이 집을 비운 사이 관리인에게 맡겨 관리되고 있었다.

이날 저녁.

이 회장 집에는 모처럼 전 가족이 다 모였다. 큰딸 명주 부부, 작은딸 예주 부부, 그리고 효주와 태호까지. 물론 이 회장 부부도 참석하여 모처럼 전 가족이 만찬을 즐겼다.

그런데 다른 집과 다른 풍경이 있었다. 다른 집 같으면 어른들을 따라 아이들도 오는 것이 정상이나, 이 집만큼은 아이들이 한 명도 참석하지 않은 것이다. 이는 이 회장이 아이들이 뛰어놀며 장난치는 것을 질색하기 때문에, 아주 특별한 일이 아니면 아이들을 데려오지 않는 것이 상례였다.

아무튼 만찬의 끝 무렵, 이야기는 돌고 돌아 결국 사업 이야기로 귀결되었다. 이 회장이 편봉호에게 물었다.

"광산 매각을 전후로 도시가스사업에 진출하려 했으나 관계부처로부터 어렵다는 말을 들었어. 이미 다른 그룹에 내정되었다는 거야. 하지만 경제대통령이라 불리는 김재익에게 자네가 친분을 이용해 졸라 봐."

"그 문제는 아무리 제가 졸라도 이미 물 건너간 것 같습니다. 저도 그 문제에 관심을 갖고 국내에 있을 때나 외국에 나가 있을 때 수시로 전화를 걸어 부탁했으나, 이미 창성그룹으로 사업권이 넘어가 곤란하다는 답변뿐이었습니다."

"그렇다면 할 수 없지."

실망한 표정으로 답한 이 회장이 이번에는 맏사위 소인섭을 보고 물었다.

"전국 주요 도시 주변에 벌써 5개의 레미콘 공장을 신규로 가동하고, 시멘트와 모래 등의 원료를 혼합해 공사 현장에서 물만 섞으면 금방 레미콘화할 수 있는 제품은, 이미 제품화해 잘 팔리고 있는 것을 아나, 창호 분야는 보고가 없으니 어찌된 일인가?"

"저 또한 그 분야에 대해 상세히 조사하고 심도 있는 검토를 했으나, 현재로도 포화 상태라 우리까지 뛰어들면 곤란할 것 같아 망설이고 있습니다, 회장님!"

"흐흠……! 그렇다면 그 분야도 생각을 접자고."

"네, 회장님!"

"이 외에 다른 할 이야기 없는가?"

이 회장의 물음에 모두 약속이라도 한 듯 입을 닫고 있는데 박 여사가 말했다.

"내가 단골로 다니는 철학관에서 효주의 약혼 날짜를 알아 보았더니, 10월 11일과 10월 25일이 대길로 나왔어요. 그래서 나는 보다 빠른 날인 11일로 하자 했더니, 효주는 글쎄, 25일 로 하자고 저렇게 빡빡 우기니 결론을 못 내겠네요."

두 사람이 붙어 앉아 지금까지 갑론을박하더니 그 문제를 상의한 모양이었다. 아무튼 박 여사의 말에 이 회장이 효주를 넌지시 바라보며 물었다.

"아비의 생각도 11일이 좋겠다. 그러니 네가 양보해라."

"안 돼요. 아빠! 아직 모든 준비가 덜 되었으니 25일로 해 요."

"나참… 저놈의 고집은!"

종내 혀를 차던 이 회장이 태호를 돌아보며 물었다.

"자네 생각은 어떤가?"

"기왕 기다렸는데 2주 더 못 기다리겠습니까? 효주 씨의 뜻을 존중해 25일로 하는 게 좋겠습니다."

태호의 말에 효주가 엄지를 치켜 올렸다. 이를 본 이 회장이 너털웃음을 지으며 말했다.

"벌써부터 죽이 잘 맞는 것을 보니 보기가 좋구나. 정 두 사람이 그렇게 말하니 25일로 날 잡는 것으로 하지."

"고마워요. 아빠!"

"별게 다 고맙구나."

대수롭게 답한 이 회장이 곧 자리를 뜨려 하자 편봉호가 눈치 없이 물었다.

"장인어른, 약주 한잔 안 하시고……."

이에 즉각 부인 예주가 핀잔을 주었다.

"당신, 아빠가 고혈압 증세가 있다는 말 못 들었어요?"

"아차차……!"

민망한 듯 머리를 긁적이는 편 사장을 아예 외면하고 이 회장이 끝내 자리를 뜨자, 편 사장이 분풀이를 하듯 굳은 얼굴로 태호에게 말했다.

"자네, 나 좀 보세."

집히는 것이 있어 태호가 말없이 그를 따라 자리에서 일어나자 박 여사가 말했다.

"자네, 지난 일 가지고 시시비비 가리는 건 아니겠지?"

"아, 아닙니다. 장모님!"

급히 부정한 편봉호가 기어이 자리를 떠 밖으로 향하자 태호도 어슬렁어슬렁 그의 뒤를 따랐다. 곧 잔디밭 위에 멈춰 선 편봉호가 흰 이빨을 드러내며 물었다.

"자네가 병 주고 약 줬다며?"

숨길 수도 없는 일이라 태호가 굳은 표정으로 곧 수긍했다.

"그렇습니다."

그런데 의외의 일이 벌어졌다. 금방 화를 낼 듯하던 그가 갑자기 대소와 함께 말했다.

"하하하! 앞으로 잘해보세. 금번에 느끼는 게 많았고, 나도 잘할 테니."

"그러려면 조건이 하나 있습니다."

"뭐?"

방귀 뀐 놈이 성낸 달까, 아니면 도둑이 매 든다는 어이없는 표정으로 편봉호가 태호를 바라보는 가운데 태호가 말했다.

"경제수석을 제게 소개시켜 주십시오."

"하하하! 난 또 뭐라고. 그 정도면 얼마든지 가능한 일이지. 내 우리 두 사람의 화해 차원에서라도 조만간 자리 한번 마련해 봄세."

"기대하겠습니다."

"그래, 그래."

말과 함께 그가 먼저 손을 내밀었으므로 태호 또한 손을 내밀어 굳게 잡고 흔들었다. 이 모양을 현관 뒤에 숨어 지켜보던 세 여인 중 박 여사와 예주가 안으로 들어가는데 효주만은 오히려 밖으로 나오며 말했다.

"태호 씨, 저 좀 봐요."

태호가 말없이 고개를 끄덕이자 효주가 계단을 내려와 등나무 쪽으로 향했다. 그러자 두 사람을 웃으며 바라보던 편봉호가 안으로 들어가고, 태호는 그녀를 따라 등나무 쪽으로 향했다.

아직 9월이라 선선한 바람이 불어오는 속에 의자에 앉지도 않고 효주가 팔짱을 낀 채 기다리고 있었다. 그 앞에 선 태호의 시선이 자연스럽게 그녀의 봉긋한 가슴으로 갔으나 그녀와 시선이 마주쳤다. 이에 태호가 급히 시선을 피하는데 그녀가 웃으며 물었다.

"서운하지 않아요?"

"서운할 게 뭐 있습니까? 말 그대로 2주 차이인데."

"역시 태호 씨는 흉금이 넓어 좋아요."

그녀의 칭찬에 태호가 겸연쩍게 웃으며 물었다.

"이제 마음의 정리는 다 끝난 겁니까?"

"그 사람은 잊은 지 오래됐어요. 그런데도 제가 자꾸 약혼이나 결혼을 미루는 것은 다른 데 이유가 있는 게 아니에요. 한마디로 일 욕심 때문이죠. 가정과 일을 병행할 수 있을지에 대한 테스트를 요즘 하고 있는 중이랄까? 참, 태호 씨는 이 문제에 대해 어떻게 생각하세요?"

"가정과 직장 모두를 잘 할 수 있으면 좋겠지만, 아마도 효주 씨가 매우 힘들 겁니다."

"저도 자신이 없어 망설이고 있는 거예요."

"제 입장은 할 수 있으면 하라는 겁니다."

"고마워요. 확실히 태호 씨는 요즘 사람 같지 않고 트였어요."

80년대 이 당시는 여자가 결혼을 하면 으레 집안에 들어앉는 것을 당연시하던 풍조가 만연했기 때문에 효주가 그런 말을 한 것이다. 아무튼 효주의 말에 태호가 빙긋 웃고 서 있는데 그녀가 다시 말했다.

"이제 모든 것이 다 결정되었으니, 주말이면 우리 자주 놀러 가기도 하고 그래요."

"저는 백번 찬성입니다."

"호호호!"

소리 내어 웃던 그녀가 웃음을 그치고 말했다.

"참, 놀러 가는 것도 중요하지만 그 전에 동생들 사는 집을 먼저 들러 인사라도 나누는 게 순서 아니겠어요? 가급적 시

골에 계시다는 부모님과 여타 가족들도 약혼 전에 뵙고 싶고
요."

"쌍수를 들어 환영하는 바입니다. 하하하!"

"너무 좋아하는 거 아니에요?"

"진실로 내가 원하고 바라던 바였기 때문입니다."

"그렇다고 그렇게 티를 내나요?"

"하하하!"

"우리 이제 그만 들어가요."

"이번 주 토요일 날 논현동 집부터 가는 걸로 하죠."

"알았어요."

효주가 순순히 동의하자 태호가 갑자기 앞장서서 걸어가는
그녀의 등 뒤에서 가볍게 그녀를 끌어안았다. 이에 효주가 가
볍게 앙탈하며 말했다.

"정말, 겁을 상실했네요."

"곧 내 색시가 될 사람이라 생각하니 그만 참지 못하고 충
동적으로 안았습니다."

"그, 그런데… 내가 성적 매력은 있나요?"

"물론입니다. 넘칩니다."

태호의 답변에 그녀가 가볍게 한숨까지 지으며 답했다.

"휴……! 다행이네요."

태호가 그런 그녀에게 은근슬쩍 다가가 손을 잡았다. 처음

에는 효주 또한 한번 빼려는 시늉을 했지만 끝내 빼지 않았다. 그런 그녀를 향해 태호가 말했다.

"날씨도 좋은데 우리 조금만 더 이야기 나누다 들어가요."

"나는 별로 할 이야기가 없는데……."

"효주 씨 어릴 때 얘기라도 좋습니다."

"그럼 태호 씨의 어릴 때 이야기나 들려줘요."

"그럴까요?"

"옛날, 옛날 아주 옛날, 호랑이 담배 피우던 시절이었습니다."

"호호호! 무슨 호랑이 담배 피우던 시절씩이나."

그렇게 두 사람은 한동안 정원을 거닐며 많은 이야기를 나누었다.

다음 날 오후.

퇴근 시간 무렵이었다. 정식으로 음료와 빙과의 사장을 맡은 편봉호가 태호의 방을 찾아들었다. 그리고 태호가 무어라 말할 새도 없이 그가 먼저 말했다.

"갑시다."

"갑자기 어딜 가자는 것입니까?"

"김 부사장이 얘기한 것 있잖아? 경제수석."

"아니, 벌써 만남을 약속하셨습니까?"

"쇠뿔도 단김에 빼랬다고 내가 성질이 급한 편이라서."

"친분을 과시하려는 의도는 아니고요?"

"하하하! 아니라고는 말 못 하겠네."

"약속 장소는 어디입니까?"

태호의 말에 편봉호가 거만한 표정으로 답했다.

"따라오기만 해. 강남의 물 좋은 곳으로 예약해 놓았으니까."

말이 끝나자마자 등을 돌려 방을 나가는 편봉호를 보고 태호도 허겁지겁 대충 자신의 책상을 정리하고 그의 뒤를 따랐다.

태호가 기획실을 빠져나와 그의 행방을 찾으니 그는 엘리베이터를 잡아놓고 기다리고 있었다. 곧 두 사람은 엘리베이터를 타고 지하 주차장으로 내려와 대기하고 있던 편 사장의 승용차에 탔다. 그는 자신이 직접 운전하지 않고 항상 회사가 제공하는 기사의 등에 업혀 다니고 있는 실정이었다.

아무튼 태호가 타자 편봉호는 나이 지긋한 운전기사에게 말했다.

"지난번에 한번 가보았던 압구정 황제 룸싸롱이라고 알지요?"

"네, 사장님!"

"그곳으로 갑시다."

"네."

곧 차가 스르르 미끄러져 나가고 태호는 시트에 등을 대고 눈을 감았다.

*   *   *

인간도 귀소본능이 있는 것 같다. 해가 저물며 가로등이 하나둘 켜지자 지나가는 행인들의 발걸음이 빨라졌고, 차량 통행은 더욱 많아졌다. 그런 흐름에 압구정도 예외는 아니어서 두 사람이 탄 승용차가 압구정 대로로 들어서자 사람들은 쫓기듯 걸었고, 도심의 빌딩도 빠른 속도로 불을 밝혀갔다.

그런 어느 대형 건물 지하 주차장으로 두 사람이 탄 차가 빨려들듯 들어가고, 곧 지하 3층 주차장에서 내린 두 사람은 엘리베이터를 타고 지하 1층까지 이동했다. 두 사람이 문을 열고 들어가는 순간 강한 살균 소독제 냄새가 코를 찔렀다.

이곳이 지하라는 것을 알려주는 냄새였다. 지하는 곰팡이가 번식하기 좋은 장소. 이 곰팡이를 제거하기 위해 살균제를 과하게 사용한 탓에, 태호는 일제히 달려와 인사하는 마담과 젊은 종업원의 인사는 받는 둥 마는 둥 뒷전이었다. 코를 움켜쥐고 소리치듯 말했다.

"문 좀 열어놓으세요. 그리고 좀 향기 좋은 제품을 쓸 수 없

약혼 187

어요?"

"마땅한 제품이 없어서……."

"수입 제품이라도 쓰세요."

"네, 네. 앞으로는 그렇게 하도록 하겠습니다."

태호가 젊은 미남 종업원과 실랑이를 벌이는 동안 편봉호는 그사이를 못 참아 마담을 뒤에서 껴안은 자세로 태호에게 말했다.

"이봐, 동서! 술 마시러 왔으면 술이나 마시면 되지, 뭔 타박이 그렇게 많아? 코가 제일 먼저 피로해지는 것 몰라? 조금 있으면 아무리 지독한 냄새라도 맡지 못할 것이니 걱정 말고, 우리 방 어디야?"

"따라오세요."

끝에 가서는 마담에게 소리쳐 물었으므로 마담이 가볍게 편봉호를 떼어내고 제법 실한 엉덩이를 살랑살랑 흔들며 앞장서서 복도 깊숙이 위치한 방으로 둘을 안내하기 시작했다.

곧 101호라 적힌 좌측 제일 끝 방. 문을 활짝 열고 마담이 말했다.

"들어가세요."

그녀의 말에 따라 편봉호가 앞장을 서고 태호가 그의 뒤를 따라 방 안으로 들어서니 무척 넓은 홀이 눈에 전개되고 있었다.

장방형의 탁자를 중심으로 안쪽으로는 고급 시트가, 밖으로는 푹신한 개인의자가 놓여 있었고, 넓은 홀에는 전자올겐과 피아노 한 대가 놓여 있었다. 태호가 촌닭처럼 사방을 둘러보는데 마담이 편봉호에게 물었다.

"두 분이세요?"

"아니야. 한 분 더 오실 거야. 우리나라 최고의 실세 중 한 분이시니 잘 모셔야 해. 그러니 이 집에서 제일 예쁜 애들로 세 명 선정해서 들여 보내."

"네. 한데 술은?"

"지난번 그 제일 비싸다는 걸로."

"네, 사장님!"

편봉호의 말에 마담이 희색이 만면해 얼른 밖으로 나갔다.

그러자 편봉호도 자리에서 일어나며 말했다.

"여기서 우리가 이럴 때가 아니지."

말과 함께 그가 밖으로 나가자 태호도 그를 따라 밖으로 나갈 수밖에 없었다.

그렇게 해 두 사람이 복도에서 기다리길 15분. 마침내 검은 뿔테 안경에 수척한 모습의 김재익 경제수석이 안으로 들어왔다. 들어오자마자 그의 인상이 살짝 일그러지며 말했다.

"너무 과하군."

"그렇지요? 선배님!"

손을 싹싹 비비며 편봉호가 말함에도 불구하고 무표정에 가까운 김재익이 무게감 있는 음성으로 말했다.

"들어가지."

"네, 선배님!"

"아, 이 사람이 자네가 말한 그 친군가?"

"그렇습니다."

잠시 멈추어 서서 자신을 관찰하듯 지그시 바라보는 김재익을 향해 태호 또한 정중히 허리 굽혀 인사하며 자신을 소개했다.

"김태호라 합니다."

"음, 알았으니 일단 들어갑시다."

"네, 선배님!"

'선배님' 소리가 두 사람의 입에서 동시에 나오자 몇 발짝 떼던 김재익이 태호를 돌아보며 물었다.

"자네도 내 후배인가?"

"서울대 문리대를 나오신 것으로 알고 있습니다. 저 또한 그 대학 출신입니다."

"그래? 반갑구먼."

새삼 손을 내밀며 악수를 청하는 그를 향해 태호는 두 손을 내밀어 정중히 그와 악수를 교환했다.

그리고 태호는 인사를 나누는 김에 아예 지갑에서 자신의 명함을 꺼내 그에게 건네며 말했다.

"과한 지위에 있습니다."

태호가 건넨 명함을 받아들고 그의 직함을 읽어본 김재익이 감탄사를 터뜨리며 말했다.

"허허, 그 나이에 부사장에 기획실장이라니 전무후무한 출세가 아닌가 하네. 비록 민간이지만."

"저도 그렇게 생각합니다."

"나는 명함을 들고 다니지 않는 사람이야. 전화번호는 이 사람이 잘 알고 있으니 필요하면 얻도록 하고."

"네, 잘 알겠습니다."

"자, 들어가 볼까?"

"네, 선배님!"

이번에는 편봉호가 앞장을 서서 김재익을 안내하기 시작했다. 곧 실내로 들어온 세 사람은 김재익이 벽 쪽 소파에 앉자 편봉호 또한 잽싸게 걸어가 그의 곁에 앉았다. 그 모습을 본 태호는 알아서 맞은편 개인용 의자를 끌어다 두 사람과 마주 보고 앉았다.

이때였다. 따라 들어온 마담이 박수를 두 번 치자 바로 쭉쭉 빵빵한 미모의 세 아가씨가 일제히 안으로 들어왔다. 그러자 마담이 '너는 이쪽, 너는 저쪽' 하며 세 아가씨의 자리를 배정해 주었다.

세 아가씨가 자리를 찾아드느라 어수선한 가운데 예의 남자 종업원이 따뜻한 물수건 세 개를 세 사람에게 각각 나누어 주고 불필요한 말을 했다.

"서비스입니다."

팁을 달라는 말이지만 태호가 모른 척하고 앉아 있으니 편봉호가 급히 자신의 지갑을 꺼내 만 원권 한 장을 주었다. 그러는 동안에 다른 남자 종업원에 의해 안주와 술이 탁자 위에 진열되기 시작했다. 순식간에 탁자 위에 술과 안주가 차려지자 이를 본 김재익이 말했다.

"자, 한 잔씩 할까?"

그 말에 그의 옆에 앉아 있던 아가씨가 잽싸게 양주병을 가져다 따며 말했다.

"제가 먼저 한 잔 따라 올리겠습니다, 수석님!"

아가씨의 말에 김재익이 의아한 눈으로 아가씨에게 물었다.

"자네도 나를 아나?"

"지난번에도 제가 모셨잖아요."

"그래? 나는 여자에 관심이 없어서 말이야."

"호호호! 그래도 참새가 방앗간을 그냥 지나치지는 않잖아요?"

이 말에 편봉호가 그 아가씨를 노려보자 흠칫한 아가씨가 얼른 술을 따르는 것으로 위기를 모면했다. 그러는 동안 태호

옆에 앉은 아가씨도 태호를 보고 방긋방긋 웃으며 말했다.

"홍 양이라 불러주세요."

태호가 묵묵히 고개를 끄덕이자 홍 양이라는 아가씨가 계속해서 말했다.

"제 잔부터 한 잔 받으세요."

그 말과 함께 편봉호에게 따르고 난 술병을 이어받아 태호의 잔에 한 잔 가득 따랐다. 이에 태호는 이를 언더락 잔에 옮겨 붓자 알아서 아가씨가 얼음통에서 얼음을 꺼내 채워 넣기 시작했다.

"자, 한 잔씩 할까?"

김재익의 말에 두 사람이 같이 잔을 들어 올리자 그가 태호를 보고 말했다.

"여기 있는 편 사장은 알지만 나는 과히 술을 못하는 사람이네. 그러니 과하게 권하지는 말고."

"네, 선배님!"

이렇게 시작된 술이 몇 순배 돌자 정말 김재익은 술을 못하는지 과히 밝지 않은 조명 속에서도 그의 얼굴이 심히 붉어졌음을 알 수 있었다. 그런 그가 태호에게 물었다.

"후배라니 편하게 말을 놓겠네. 자네가 나를 보자 했다며?"

"네, 선배님! 특별한 것은 없고, 경제 담론도 나누며 개인적인 친분을 쌓고 싶어서입니다."

"거참, 싱거운 사람일세. 나를 만나는 사람마다 청탁이 대부분이던데?"

"저는 오히려 선배님께 도움을 드리고 싶습니다."

"뭘로?"

"목숨으로요."

"목숨? 무슨 생뚱맞은 소린가? 자네에게 내가 목숨 빚을 질 일이 있다고?"

"두고 보십시오. 몇 해 지나지 않아 틀림없이 그런 일이 발생할 것이니."

"자네, 관상도 볼 줄 아는가?"

이를 받아 편봉호가 얼른 답했다.

"예지력 하나만큼은 뛰어난 것이 사실입니다."

"그래? 그렇다면 장차 일본 경제가 어떻게 될 것 같은가?"

이때 또 편봉호가 끼어들었다.

"하필 왜 일본 경제입니까?"

"자네는 듣기만 하시게."

올해 김재익의 나이 44세, 편봉호의 나이 40이니 하대를 해도 불만이 없는 편봉호였다. 아무튼 김재익의 말에 편봉호의 입이 조개입이 되자 태호가 말했다.

"지금 세계 최강국 미국이 쌍둥이 적자로 골머리를 앓고 있고, 그 타개책으로 미국은 금리를 올려 강 달러를 유지하고 있잖습니까?"

"물론 그렇지. 그 바람에 미국 제품이 국제시장에서 일본과 독일 제품에 형편없이 밀려 도처에서 부도가 나니, 지금 미국 경제가 말도 아니지."

"그걸 미국이 가만히 지켜보고만 있을 것 같습니까?"

"글쎄! 그걸 타개하려면 평가 절상뿐인데?"

"바로 그겁니다. 견디다 못한 미국이 결국은 서방 5개 선진 국(G5) 재무장관 회의를 소집해 그 방법을 택할 겁니다. 그렇게 되면 일본은 한 5년은 유래 없는 호황을 누리겠지만, 결국은 가격 경쟁력을 상실한 일본은 버블경제로 이어져 잃어버린 20년이 될 공산이 농후합니다. 저는 G5재무장관 회의를 시작하는 시점이 85년쯤으로 예상하고 있고, 일본 버블 경제의 시작은 90년부터가 될 것이라고 감히 예상합니다."

"참으로 무서운 식견이군. 그럴 개연성이 아주 농후해. 세계 최강 미국이 여러 방법을 동원해도 먹히지 않을 경우, 결국은 달러 약세를 유도하기 위해 그 방법을 택할 것 같아. 다른 방법으로는 위기 타개가 안 돼. 참으로 무서운 식견이야. 오늘 한 수 배우는 심정인데?"

김재익이 놀랍다는 듯 엄지까지 치켜세우며 태호를 칭찬하자 태호는 얼른 겸양 모드로 돌아섰다.

"별말씀을 다 하십니다. 선배님!"

"하하하! 그런 자네의 식견이라면 너무 겸손 떨지 않아도 되네. 하고 자네 말대로 친교의 만남을 지속하고 싶군."

"감사합니다, 선배님!"

"한데 내 목숨 운운하는 것에도 이유가 있나?"

"그 시점이 되면 제가 자세히 말씀드리겠습니다. 그 전에 제가 선배님께 하나 다짐받고 싶은 게 있습니다."

"뭔데 그렇게 사설이 긴가?"

"그때는 꼭 제 말에 따라 주십사 하는 청입니다."

"가능하면 따르는 것으로 하지."

"그 정도 약속으로는 선배님의 목숨을 장담할 수 없습니다. 꼭 제 말에 따르겠다고 약속해 주십시오."

"자네 말을 들어보니 사안이 중대한 것 같은데, 안 따를 수도 없군."

"감사합니다!"

"자네가 감사할 일이 아니라, 내가 감사해야 되는 것 아닌가?"

"결국은 그렇게 되겠지요."

"하하하! 자네는 한마디로 기인일세. 많은 대화가 오갈수록 그런 면을 느끼네."

그의 말에 태호는 빙긋 웃는 것으로 답하고 말했다.

"제 잔도 한 잔 받으십시오. 선배님!"

"딱 이 잔 한 잔뿐이네."

"네, 선배님!"

이렇게 해 두 사람만이 술잔이 오가자 질투가 나는 것인지 편봉호가 옆의 파트너에게 소리쳤다.

"풍악이나 울려!"

"네, 사장님! 곧 악사를 들이라 할게요."

이렇게 되자 곧 분위기는 점점 고조되며 여흥을 즐기는 시간으로 넘어갔다. 그리고 30분 후에는 이마저 끝났는데 편봉호가 잠시 화장실을 간다고 일어서더니 태호를 불러내 문 밖에서 말했다.

"술값은 자네가 계산해."

"알겠습니다."

"자네 돈이 아니라 접대비로 처리하란 말이야. 경제수석을 만났다면 용서가 되는 일일 것이나, 그래도 영감의 총애를 받는 자네가 타내는 게 좋지 않겠어?"

"네, 사장님!"

"언제까지 사장이라 부를 텐가?"

"정식으로 혼인을 하게 되면, 그때 가서는 틀림없이 사석에서는 형님이라 부르겠습니다."

"좋아! 기다리지."

씩 웃은 그가 곧장 화장실로 가자 태호 또한 카운터로 가

1차 계산서를 뽑도록 했다. 그리고 곧 나온 계산서를 본 태호의 입이 딱 벌어졌다. 양주 한 병값이 자그마치 50만 원씩 계산되어 있었기 때문이다. 그래서 태호가 카운터에 앉아 있던 마담에게 물었다.

"무슨 술인데 이렇게 비쌉니까?"

"화이트앤맥케이 30년산이에요."

"아무리 그래도 그렇지……."

원가가 얼마인데 이렇게 많이 받느냐고 따져 물으려다, 너무 쪼잔하게 노는 것 같아 입을 다물고 돌아섰지만 배가 아픈 것도 사실이었다. 아무튼 머지않아 술자리가 파하고 최종 계산서를 보니 양주 세 병 포함 180만 원이 나와, 태호로 하여금 쓴 입맛을 다시게 했다.

*   *   *

토요일.

반공일이라 칭한 당시의 토요일은 지금과는 느낌이 많이 달랐다. 하루살이가 생의 전부인 하루를 절실하게 살아가듯, 짧은 만큼 더 큰 즐거움으로 다가오는 날이었다.

이날 오전 태호는 효주와 함께 출근을 하며 논현동 집 방문에 대한 확답을 받고 아직 학원에 가지 않은 여동생에게 이 사실을 전했다. 그러자 올케를 처음 맞게 되는 여동생으로서는 걱정으로 한숨을 연신 푹푹 내쉬었다.

올케도 보통 올케인가. 재벌가의 막내딸이니 더욱 부담이 되는 모양이었다. 그런 여동생에게 태호는 점심으로 보리밥을 준비하라 했다. 생채나 만들고, 각종 나물에 고추장을 넣고 썩썩 비며 먹을 수 있게 말이다.

다른 밭작물에 비해 소출이 많은지 어렸을 때 부친은 따비밭을 일궈 조 농사를 많이 지었고, 겨울이면 그 조를 소비하느라 입안이 매일 껄끄러울 정도였다. 그러다 어쩌다 보리밥이라도 하는 날이면 신이 난 아버지가 이를 썩썩 비비다 숟가락이 부러지는 가정 경제에 해악을 끼치는 명장면도 보았다.

그렇게 추억이 서린 음식이자, 조금은 나아졌을 고향 마을 농촌의 현실을 그대로 느끼게 해주고 싶은 마음으로 절대 내키지 않아 하는 동생을 닦달했다. 물론 회사로 출근해 전화상으로였고, 논현동 집 전화는 기존 것을 이어받아 쓰고 있는 실정이었다.

아무튼 시간은 어김없이 흘러 오전 업무가 끝났고, 태호는 효주를 태워 논현동 집으로 향했다. 가는 차 내에서 효주가 물었다.

"동생 예뻐요?"

"음. 그런데 성질머리가 고약해."

"정말요?"

"정말."

"처음부터 잘 보여야겠네요."

"물론이죠."

오히려 너무 순둥이인 동생을 악녀(惡女)로 만들어놓고 태호는 태연히 운전을 하고 있는데 그녀가 또 물었다.

"올해 몇 살이죠?"

"우리 4남매 모두가 세 살 터울이에요."

"그럼, 나보다 두 살 적겠네요. 휴~ 다행이다."

"하하하!"

"왜 웃으세요?"

"안도하는 그 표정이 너무 귀여워서. 나이 든 시누이보다는 백 번 낫다는 말이죠?"

"그럼요."

이런 평범한 이야기를 나누다 보니 어느덧 차는 논현동 집에 도착해 있었다. 곧 태호가 벨을 누르니 기다리고 있었던 듯 바로 문이 열리며 동생이 앞치마를 두른 채, 현관문을 열고 나와 둘을 맞았다.

"그 앞치마 좀 벗어라. 촌스럽게."

"어때요? 옷 안 버리고 좋잖아요. 어, 어머! 안녕하세요? 언니!"

악녀의 행동과는 거리가 먼 모습과 행동에 잠시 놀란 표정을 지었던 효주가 급히 답했다.

"만나서 반가워요."

말과 함께 효주가 손을 내밀자 동생 경순은 어색한 표정으로 급히 손을 앞치마에 싹싹 닦고 두 손으로 공손히 그녀의 손을 맞잡았다. 이 행동에 효주의 시선이 태호에게 향했다. 그러나 태호는 모른 척 먼 곳만 바라보며 딴청을 부렸다.

"언니, 너무 너무 예뻐요. 영화배우나 탤런트하면 딱 맞겠다."

"그래요? 예쁘게 봐줘서 고마워요."

"정말인데……."

"호호호!"

두 사람의 분위기가 급격히 가까워지는 것 같자 안도한 태호가 말했다.

"여기서 이럴 게 아니라 어서 들어갑시다."

"네."

태호가 걸음을 떼며 동생에게 물었다.

"보리밥 준비해 놨지?"

"네."

"오늘 점심 메뉴가 보리밥이에요?"

"그렇소."

"별미겠다."

"먹어봤소?"

"거의 기억에 없을 만큼."

곧 거실에 들어온 효주가 정신없이 사방을 둘러보는데 경순은 주방으로 향하더니 접시에 사과 세 개를 담아 칼과 함께 가져왔다.

이를 보고 태호가 잔소리를 했다.

"식전에 산이 많은 음식은 좋지 않아."

어리둥절한 표정을 짓는 경순의 미안함을 덜어주기 위함인지 효주가 말했다.

"주세요."

경순이 과일 접시를 맡기는 것을 보며 태호는 타박했다.

"이놈은 왜 안와?"

"누구 말이에요?"

"남동생."

"아, 이 집에 함께 살고 있다고 했죠?"

"그래요."

대문의 초인종 소리가 울린 것은 이때였다. 호랑이도 제 말 하면 온다더니 아마도 동생 성호가 오는 모양이었다. 곧 경순이 대문을 따주자 성호가 득달같이 달려들어 왔다.

"뭐 하는 짓이야?"

"형수님 보고 싶어서요."

"뭐? 온다는 것은 어떻게 알았어?"

"누나가 전화로 알려줬어요."

"그 부서는 한가한 모양이군."

"절대, 절대 아닙니다, 부사장님!"

"됐고. 왔으면 밥 먹자."

태호의 말에 경순이 곧 주방으로 향하는데 효주가 말했다.

"동생한테는 완전 폭군 수준이네요."

"그렇습니까?"

개의치 않은 얼굴로 받은 태호가 성호에게 말했다.

"인사해라. 형수 되실 분이다."

"반갑습니다, 형수님!"

성호가 의례적으로 손을 내밀자 효주의 시선이 난처한지 태호에게로 향했다. 그러자 태호가 말했다.

"형수를 떠나 숙녀에게 먼저 손을 내미는 것은 실례야."

"아, 네."

멋쩍은지 뒷머리를 긁적이는 동생을 무시하고 태호는 곧 식탁으로 향했다. 곧 경순이 촌에서 하던 대로 양푼에 2/3쯤 담은 보리밥을 내오자 효주가 태호를 보고 말했다.

"양이 너무 많아요."

"빈 그릇 하나 가져와."

"네."

이렇게 시작된 식사가 중간쯤 진행되었을 때 태호가 효주에게 물었다.

"맛이 어떻습니까?"

"별미네요. 정말 맛있어요."

"효주 씨를 배려해 쌀을 많이 넣어서 그렇습니다. 촌에서는 절대 이렇게 안 먹어요. 깡 보리밥이라는 말 들어봤죠. 쌀은 눈 씻고 찾아봐도 거의 없을 정도로 보리쌀만 넣어 밥을 짓죠. 그래도 먹을 수 있겠습니까?"

"그건 좀 생각해 봐야겠는데요?"

"하하하!"

별로 우습지 않은 이야기에도 성호가 대소를 터뜨리자 태호가 그를 째려봤고, 효주는 그런 태호의 팔을 툭 치는 것으로 말렸다.

이렇게 시작된 상견례는 성호가 틈만 나면 장차 형수 될 효주의 꽁무니를 졸졸 따라다니며 말을 걸었고, 그러면 그럴수록 효주는 난처한지 자꾸 태호에게 피신해 왔다.

*　　　*　　　*

다음 날 아침.

네 사람은 태호의 차로 고향 집으로 향했다. 따로 시간을 내느니 일요일인 내일 당일치기로 고향 집에 다녀오기로 했으나, 효주는 굳이 자신의 집에 가 자겠다고 주장했다.

그런 것을 태호는 그녀에게 자신의 방을 내주고, 자신은 성호와 함께 잤다. 그리고 넷이 아침 일찍 고향 집으로 출발한 것이다. 굳이 두 동생을 데리고 가는 것은 효주의 주장 때문이었다.

그래도 하루라도 먼저 봐 친숙한 사람을 응원군으로 두고자 하는 그녀의 마음을 짐작하고 태호 또한 순순히 동의했다. 아무튼 근 세 시간을 달려 고향 집에 도착한 태호는 일을 안 나가고 기다리고 계시던 부모님과 할머니 및 막냇동생 승호에게 효주를 소개시키는 시간을 가질 수 있었다.

부모님이 일을 안 나가신 것은 이장 집을 통해 전화로 미리 연락해 두었기 때문이다. 이 과정이 번거로워 태호는 제일 시급한 게 고향 집에 전화를 놔드리는 일이라 생각하고, 이번 기회에 이를 실행에 옮길 계획을 가지고 내려왔다.

"이번에 약혼하게 될 이효주라 합니다. 먼저 할머니께 절을 올리도록 하세요."

태호의 말에 흰 블라우스에 긴 감색 치마를 입은 효주가 막 절을 하려는데 할머니가 말씀하셨다.

"참으로 인물도 곱다. 우리 손부!"

"고맙습니다. 할머니! 제 절부터 받으세요."

"아무렴, 절 받아야지. 세상에 하나밖에 없는 우리 손부인데, 절받고 오래오래 살 테다. 증손까지 보고 죽어야 할 것 아닌가?"

"옳으신 말씀이세요."

말이 끝나자마자 효주는 두 손을 머리에 올려 주저앉기 시작했다.

"그래, 그래! 어쩌면 이렇게 곱노!"

이렇게 할머니에게 절을 끝낸 효주는 차례로 나란히 앉아신 아버지와 어머니께 또 한 번 큰절을 하기 시작했다. 그러자 아버지가 말씀하셨다.

"비록 배운 것 없고 땅이나 파먹고 사는 촌부지만, 며느리 사랑할 줄은 알아. 그러니 우리 서로 어려워하지 말고 친하게 지내자. 아가야!"

"네, 아버님!"

효주의 대답을 들으며 태호는 깜짝 놀라 아버지 얼굴을 다시 보았다. 아니나 다를까 얼굴이 불콰하셨다. 며느리 재목이 온다는 말에 사전에 미리 용기를 내기 위해 약주를 잡수신 것이다.

술이나 들어가야 몇 마디 지껄이는 것을 잘 아시는 어머니가 미리 권하셨을 수도 있고, 아니면 당신께서 먼저 자청하셨을지도 모르겠다. 이어 효주와 막내 승호가 서로 고개 숙여 인사하는 것으로 모든 가족 소개가 끝나자, 부엌에 있던 여동생이 상을 들고 들어왔다.

물론 어머니가 사전에 해놓은 음식이었다. 소고기 무국에 흰쌀밥, 꽁치조림, 김, 계란찜, 닭볶음탕까지, 귀한 손님이나 와야 차리는 음식들이었다. 조금 이른 점심상이지만 시의 적절했다.

사실 넷은 아침으로 우유 한 잔에 빵 한 조각씩을 먹었기 때문에 배가 고픈 참이었다. 아무튼 할머니, 아버지, 어머니가 다투어 효주의 밥그릇에 맛있는 반찬을 서로 올려놓는 과한 부담 속에, 무사히 점심 식사를 마친 효주를 데리고 나와 태호는 그녀에게 집 구경을 시켜주었다.

지금은 비록 시들었지만 화장실 옆의 살구나무며 장독대 앞 둔덕의 장미꽃과 장독. 그리고 뒤로 돌아가 탐스럽게 익어가는 감나무까지. 다시 앞으로 나온 태호가 외양간을 구경시켜 주는데, 효주 덕분에 오늘 일을 하루 쉬게 된 황소 한 마리가 그 부리부리한 눈을 들어 익숙지 않은 두 사람을 바라보고 있었다.

이를 보고 효주가 말했다.

"신기하네요. 말로만 듣던 소를 직접 보게 되니."

"그렇죠? 모든 게 생경한 풍경이겠지만 이곳에서 태어나고 자란 나에게는 매우 익숙한 풍경이기도 합니다."

"그렇겠네요. 그런데 언제……?"

"조금 있다 바로 올라가죠. 아무래도 초면이라 모든 사람들이 어려울 것이니."

"제 마음을 헤아려 줘 고마워요."

"그렇다고 결혼 후에도 가족들과 데면데면하게 지내면 안 됩니다."

"물론이죠. 앞으로는 잘해야죠."

"믿습니다."

열혈 성도가 뱉을 말을 뱉으며 태호는 그녀의 어깨를 포근히 감싸안았다.

그다음 주 월요일.

한 주 업무를 시작하는 월요일이 되자 라면 개발이 완전히 끝났다는 보고에 태호는 그 일을 진행시키느라 매우 바쁜 나날을 보내야 했다.

신라면은 물론 짜파게티, 왕뚜껑, 도시락면, 비빔면, 액상스프의 쇠고기 참깨라면 등이 모두 개발 완료되어, 추가로 생산 설비 발주하랴, 광고 찍으랴, 내보낼 시간 교섭하랴, 정신없이 분주한 일상으로 휴일도 반납해야 했다.

10월 18일.

약혼식을 한 주 앞둔 오늘은 일요일이었지만 태호는 특근을 하고 있었다. 특근이라야 회사에서 근무하는 것이 아니라 광고를 찍기 위해 스튜디오에 나온 것이었다.

원래 이 광고는 '사나이 울리는 신라면'이라는 멘트와 함께 구봉서 씨가 했던 것이다. 그래서 태호 또한 그를 섭외하고자 했다. 그러나 이 회장의 완강한 반대에 부딪쳤다. 즉, 태호 보고 그 장면을 찍으라는 것이었다.

대중 앞에 얼굴 팔리는 것이 싫다고 몇 번을 사양했지만. 이미 팔린 얼굴인데 조금 더 팔리면 어떠냐며 강권하니, 어쩔 수 없이 태호 자신이 또 신라면 광고를 찍게 된 것이다.

참고로 비빔면의 '오른손으로 비비고, 왼손으로 비비고' 하는 광고는 서미경이 이미 찍었다. 그리고 짜파게티 광고는 바보 영구로 잘 알려진 심형래 씨를 머리에 그렸으나, 아직 그의 시대가 열리기 전이라 목하 누구를 섭외할까 고민 중이었다.

아무튼 이날 태호는 무난히 광고 촬영을 마쳤고, 결국 짜파게티는 구봉서 씨로 결정되어 그가 광고를 찍게 되었다. 그리고 바쁜 한 주가 지나고 10월 24일 토요일이 되었다.

태호는 이날 오후 두 동생을 자신의 차에 태워 고향 집으로 향했다. 이 회장과 협의하여 약혼식은 증평에서 하기로 했고, 대신 결혼식은 서울에서 하기로 최종 결정했기 때문이었다.

집에 내려오자마자 태호는 효주에게 전화를 걸었다. 이 전화는 지난번 효주와 함께 태호가 고향 집에 내려왔을 때, 부모님께 50만 원을 주어 새로 가설한 전화였다. 이렇게 되었으니 앞으로 남 신세 질 일 없어 좋았다.

아무튼 약혼을 하루 앞둔 그녀의 심정이 궁금해 전화를 걸었더니, 가정부 아줌마가 받아 효주를 바꾸어 주었다.

"어때요? 내일이 약혼식인데."

—기분이 묘하네요. 설레기도 하고 아쉽기도 하고.

"아쉽다니요? 섭하게."

—다른 뜻이 아니라 약혼을 하는 것인데도 처녀 시절을 마감한 느낌이랄까, 그런 느낌이 들어 아쉽게 느껴진다는 것이죠.

"그렇군요. 특별한 일은 없죠?"

—네. 참, 지금 고향 집인가요?

"그래요."

—할머니와 부모님은 편안하시고요?

"안부 전해드릴게요."

—네.

"내일 봐요."

—네.

더 이상 별로 할 말도 없어 태호는 몇 마디 나누고는 바로 전화를 끊었다.

다음 날.

점심시간과 서울에서 내려오는 시간을 고려해 약혼식은 11시 정각에 증평의 큰 식당에서 하기로 했다. 이 과정에서 촌사람들이라 국수를 내자는 것을 태호가 주장해 점심은 갈비탕을 내기로 하고 식당에 미리 주문을 해놓은 상태였다.

아무튼 태호는 8시가 되자 할머니와 아버지, 어머니를 자신의 차에 태우고 15리 정도 되는 증평의 큰 읍으로 나갔다. 세 분을 모셔다 드린 곳은 목욕탕이었다.

촌집이다 보니 목욕 시설이 없어 사실 목욕하기가 여간 곤란한 것이 아니었다. 그래서 태호는 세 분을 목욕탕에 내려다 드리고 다시 이발소로 향했다. 물론 목욕이 끝나면 할머니와 어머니는 미용실에 가실 것이고, 아버지도 이발소에 들르실 것이다.

그리고 고향에 남은 동생들은 집 앞을 지나는 버스를 타고 증평으로 올 것이다. 오전 오후 해서 하루에 두 번 괴산과 청주로 가는 시외버스가 마을에서 얼마 떨어지지 않은 곳을 지나기 때문에 그 차를 타고 나올 것이라는 말이다.

아무튼 이발을 마치고 식당에 가보니 동생들이 와 있었다. 태호는 잠시 그곳에 머물다 9시 반이 되자 가깝게 위치한 시외버스 터미널로 향했다. 오늘 초대한 사람들이 고모와 외숙내외분이었기 때문에 그들이 도착하면 식당으로 안내하기 위해서였다.

아버지가 2대 독자에 남매이기 때문에 아버지 쪽으로도 고모밖에 친척이 없었고, 외가 쪽은 두 외삼촌이 있었으나 아쉽게도 이모조차 없었다. 그런데도 그나마 오늘은 괴산에 사시는 큰외삼촌 내외분만 오신다 했다. 서울이라 늘 말하고 다녔지만 실제는 시흥에 사는 작은외삼촌은 못 오신다 했다.

여러 핑계를 댔지만 태호가 생각하기에 작은외삼촌은 노동으로 벌어먹고 살기 때문에 요즘같이 날씨 좋을 때 하루라도 더 벌 생각으로 안 오는 것이 아닌가 생각하고 있었다.

아무튼 태호가 잠시 기다리고 있으니 청주 사시는 고모 내외분이 먼저 도착했다. 그래서 태호는 두 분을 식당으로 안내해 드리고 다시 기다리길 20여 분 만에 큰외삼촌 내외분도 도착해서 식당으로 안내를 했다.

그러고 나서 시계를 보니 10시 20분이었다. 이렇게 되자 태호로서는 조금씩 조바심이 나기 시작했다. 오늘 사회를 봐주기로 한 친구가 아직 내려오지 않고 있기 때문이었다.

그 친구는 고향의 유일한 동갑내기 친구로, 증평공고를 나와 기술직 공무원이 되어 현재 김포에서 생활하고 있는 친구였다. 그런데 그놈이 아직 오지 않으니 자꾸 시계로 시선이 가고 도착하는 차마다 눈길이 갔다.

그러길 10여 분이 지나자 마침내 이상백이라는 친구가 도착했다.

"이렇게 늦으면 어떻게 해, 인마!"

역정이 묻어나는 태호의 말에도 녀석은 싱긋 웃으며 태연하게 말했다.

"30분이나 일찍 왔잖아?"

"더 일찍 왔어야지."

"됐고. 식당은 어디냐?"

"따라와."

태호는 녀석을 데리고 중평 식당으로 향했다. 머지않아 식당에 도착한 태호가 안을 들여다보니 모처럼 때 빼고 광낸 할머니는 물론 부모님도 와계셨다. 이렇게 되자 이제는 이 회장 식구들이 기다려져 자꾸 시계를 보게 되었다.

그러길 얼마. 정확히 10시 50분이 되자 10여 대의 승용차가 줄줄이 도착하기 시작했다. 태호는 부하들에게 전혀 약혼 사실을 알리지 않았다. 그런데도 용케 알고 찾아온 사람들은 대부분 제과의 간부 직원들이었다.

아무튼 이 회장과 박 여사, 그리고 효주가 내리는 것을 보고 태호는 쫓아가 인사를 했다.

"오셨습니까?"

"오늘따라 인물이 더 훤하구만."

이 회장의 말에 태호가 쑥스러워 머리를 긁적이며 말했다.

"이발을 해서 그런가 봅니다."

"아무튼 보기 좋아! 단정하니 더 말이야."

"어서 안으로 드시지요."

"올 사람은 다 왔고?"

"네."

답하며 이 회장과 박 여사를 식당 안으로 모셔다 드린 태호는 막 안으로 들어오는 효주를 붙들고 밖으로 나갔다.

밖으로 나온 태호는 진청색 투피스 정장에 흰 블라우스를 받쳐 입은 효주를 보고 엄지손가락을 치켜들며 말했다.

"오늘따라 더 예뻐 보이네요."

"정말요?"

"그럼."

"고마워요."

두 사람이 대화를 나누는 사이에도 십여 명의 부하 직원들이 지나가며 두 사람에게 인사를 했다.

"안녕하십니까? 부사장님!"

"축하드립니다. 부사장님!"

웃음으로 그들의 인사를 받고 있지만 태호가 그들이 모두 식당 안으로 들어가자 말했다.

"그나저나 저 떨거지들은 왜 찾아온 거야?"

"잘 보이려고 그러겠지요, 뭐."

두 사람이 이렇게 대화를 하고 있는데 안으로 들어갔던 편봉호가 나와서 말했다.

"시간 됐어. 어서 들어와."

"네."

곧 두 사람이 안으로 들어가자 친구의 사회로 약혼식이 시작이 되었다.

"그럼 지금부터 예비 신랑 김태호 군과 예비 신부 이효주 양의 약혼식을 거행하기로 하겠습니다. 두 사람 모두 일어나 양가 일가친척분들에게 인사드리세요."

이에 두 사람이 나란히 일어나 고개 숙여 인사를 하자 여기 저기서 환호와 함께 박수가 쏟아지며 덕담과 축하의 말이 건네졌다.

짝짝짝!

"축하해!"

"정말 잘 어울리는 한 쌍이다!"

"잘 살아야 해! 다투지 말고."

"하하하!"

"호호호!"

잠시 후 장내 분위기가 가라앉자 이상백이 말했다.

"다음으로 예비 신랑과 신부의 약력 보고가 있겠습니다."

여기서 일단 말을 끊었던 그의 말이 이어졌다.

"일찍이 예비 신랑 김태호 군은 도안초등학교를 전교 수석으로 졸업하고 명문 서울대를 나와 그 어렵다는 우리나라 고시의 삼관왕을 달성했습니다. 그것도 수석 아니면 차석으로 합격을 했습니다. 또한 예비 신부 이효주 양은……."

이렇게 시작된 식이 양가 부모를 소개하는 자리와 친척들을 소개하는 자리로 이어졌다. 그리고 예비신랑 신부가 미리 준비한 예물을 교환하는 차례가 되어 태호는 금반지 목걸이 5돈과 3돈의 18K에 다이아몬드 3부를 박은 반지, 그리고 5돈의 팔찌를 예물로 주었다.

그리고 그가 받은 것은 3돈의 18K에 다이아몬드 3부를 박은 반지 하나뿐이라 무언가 손해를 본 느낌이 들었다. 아무튼 이렇게 진행된 약혼식이 미리 준비해 놓은 대형 케이크를 자르는 의식을 끝으로 무난히 식을 마쳤다.

곧 집에서 준비해 간 잔치 음식이 술과 함께 나오고, 배고픈 사람들을 위해 갈비탕도 나왔다. 이렇게 장내가 술자리와 식사로 어수선한 가운데 이 회장이 태호를 가깝게 부르더니 말했다.

"자네 고향 집을 한번 방문해 보고 싶군."

"네?"

의외의 청에 태호가 자신도 모르게 반보 물러서서 어안이 벙벙한 얼굴을 하자 이 회장이 말했다.

"그냥 사는 모습을 보고 싶을 뿐이야. 설마 다 쓰러져 가는 집은 아니겠지?"

"절대 그런 집은 아닙니다."

"그러면 됐지. 뭘 그렇게 망설이나?"

"준비한 음식이 없어서……."

"이 사람아, 내가 대접받자고 이런 말 하겠나?"

"알겠습니다. 있는 대로 내드릴 테니 너무 약소하다고 비웃지는 마십시오."

"알았어. 알았으니 걱정 말고 안내나 하시게."

"네, 장인어른!"

"하하하! 이제야 장인어른이라는 말이 실감이 나는군."

태호가 말없이 웃고 있자 이 회장이 말했다.

"사돈 내외분께도 너무 부담 갖지 말라고 전해주고."

"네."

태호는 곧 부모님께 다가가 이 소식을 전하고, 동생 성호를 시켜 시장에 가 삼겹살과 파절이, 그리고 상추라도 미리 사놓으라 지시했다. 물론 돈은 태호의 지갑에서 나갔다.

이렇게 되어 술자리와 식사가 어느 정도 끝나가자, 하나둘 자신의 집으로 돌아가기 위해 자리를 뜨기 시작했다. 이에 태호 또한 그들을 일일이 전송하고 마침내는 이 회장과 두 딸 내외, 그리고 태호 쪽 가족만 남았다.

이에 두 딸 내외도 보낸 이 회장이 박 여사와 효주만 자신의 차에 태워 고향 집으로 향했다. 그 순간 태호도 할머니와 부모님, 그리고 경순을 태워 고향 집으로 향했다.

두 남동생과 친구 상백에게는 택시를 타고 오라고 만 원을 성호에게 주었다. 아무튼 이렇게 해 두 사람은 결혼을 약속한 사이가 되었다.

제6장
결실

고향 집에 도착해 집을 둘러보는데 안내자의 주는 효주가 되었다. 태호는 이 회장 부부의 뒤만 따르면 되었다. 효주가 이미 한번 와봤다고 이 회장 부부를 안내하며 설명을 하니 태호로서는 그냥 둘의 뒤만 따르면 되었던 것이다.

그러는 동안 부엌에서는 동네 사람들 주려고 남겨두었던 잔치 음식을 덥히느라 기름 냄새가 진동을 하고, 지글지글 고기 굽는 냄새도 났다.

이에 태호의 뒤를 졸졸 따르던 삽살개 한 마리가 부엌으로 달려가고, 마침내 집을 한 바퀴 둘러본 이 회장이 농기구와

콩깍지가 잔뜩 들어 있는 헛간을 바라보며 지나가는 말처럼 태호에게 물었다.

"내가 듣기로 농토가 많지 않은 것으로 아는데?"

"열 마지기 정도 됩니다."

"그것 갖고는 생활이 매우 어렵겠군."

"소작을 많이 얻어 부쳐 근근이 동생들을 가르쳤습니다."

"그 심정 나도 잘 알지. 우리 할아버지와 아버지가 그렇게 고된 삶을 사셨어. 그것을 어려서부터 보아온 나는 그런 것이 한이 맺혀 월남한 후로는 이를 악물고 돈을 벌었고 모았지."

"……."

태호가 알고 있다는 듯 말없이 고개를 끄덕이고 있는데 경순이 다가와 조그맣게 말했다.

"오빠, 준비 다 됐는데요?"

"알았어. 들어갈게."

답한 태호가 이 회장 부부를 보고 말했다.

"장인어른, 장모님! 이만 안으로 들어가시죠?"

"그럴까?"

이 회장이 자신의 집인 양 앞장서서 대청마루로 향하자 셋도 그 뒤를 따랐다.

곧 이 회장이 방 안으로 들어서자 앉아 있던 할머니와 아버지가 급히 자리에서 일어나셨다. 그리고 할머니가 아랫목을 가리키며 말했다.

"사돈어른, 이쪽 아랫목으로 앉으시죠?"

"괜찮습니다, 어르신!"

"그래도 귀하디귀한 손인데 그러면 쓰나요?"

"허허, 거참⋯⋯!"

난처한 웃음과 함께 이 회장이 박 여사를 돌아보자, 박 여사가 의사에 따르라는 듯 고개를 끄덕이자 이 회장이 마지못해 아랫목에 앉았다.

이때 상이 들어왔다. 곧이어 펴진 교자상에 음식들이 옮겨지고 여전히 서 있는 아버지를 향해 할머니가 말씀하셨다.

"아범도 거 앉아."

"네, 어머님!"

아버지가 쭈뼛쭈뼛 이 회장 부부의 맞은편에 앉는데 효주가 나가려는 경순을 붙들고 물었다.

"내가 도울 일 없어요?"

"다 됐어요. 그냥 앉아계세요."

이때였다. 할머니가 엄한 표정으로 효주에게 말했다.

"아니다. 이제 이 집 귀신이 되기로 했으면 응당 나가 돕는 게 좋아. 그래야 새록새록 정도 들고. 그렇지 않니, 아가야?"

"네, 할머니!"

효주가 급히 답하고 나가는데 할머니도 슬그머니 그 뒤를 따라 나가셨다. 자신이 있으므로 해서 사돈이 불편해할 것을 잘 아는 까닭에 자리를 피해주시는 것이다.

할머니 말에 분위기가 이상해지려 하자 태호가 급히 주전자를 들고 이 회장에게 말했다.

"한잔하시죠, 장인어른! 아, 아니지. 고혈압 때문에……."

"아니야. 오늘 같은 날은 한잔해야지."

"여보!"

박 여사가 제지를 하자 아버지가 나섰다.

"집에서 담근 동동주라 맛이 괜찮습니다."

이제야 어렵게 말을 꺼내는 아버지를 보니 거의 술을 자시지 않은 표정이었다.

분명 이는 오늘 같은 날은 실수하면 안 된다고 어머니가 술 마시는 것을 제지했음에 틀림없었다. 술이나 한잔 들어가야 그나마 말 깨나 하시고 용사(?)가 되는 분인데, 그렇지 못한 것을 보면 말이다. 아무튼 아버지의 말에 이 회장이 박 여사의 눈치를 힐끗 보았지만 끝내 잔을 들어 올렸다.

곧 아버지가 두 손으로 정중히 따르고 장인도 두 손으로 정중히 받았다. 이를 보고 있던 태호가 이번에는 박 여사에게 한 잔을 권했다.

"장모님도 한잔하시죠?"

"아, 아니야!"

급히 손사래까지 치는 박 여사를 보고 태호는 더 이상 권하지 않았다. 이때 이 회장이 주전자를 받아 들며 아버지에게 말했다.

"사돈도 한 잔 하시죠?"

"네, 주세요. 사돈어른이 주는 잔이라면 얼마든지 마시겠습니다."

"하하하! 좋습니다."

아버지의 용기(?)에 태호도 마음속으로 격려의 박수를 보내고 있는데 이번에는 박 여사가 주전자를 받아들고 말했다.

"사위도 한잔 받게."

"감사합니다, 장모님!"

태호가 짐짓 과장스럽게 말하며 두 팔을 길게 뻗어 잔을 내미니 분위기가 보다 더 밝아졌다.

"자, 건배 한번 합시다! 두 사람의 장도를 축복하며!"

"감사합니다. 장인어른!"

태호가 얼른 화답하고 잔을 부딪자 아버지도 따라 잔을 부딪쳤다. 그리고 단숨에 한 잔을 비운 이 회장이 다시 박 여사의 눈치를 보며 말했다.

"당신은 안주라도 들어."

"네."

말과 함께 두부전, 동그랑땡, 동태전 모듬에서 동그랑땡을 집어 들던 박 여사가 그것은 그냥 내려놓고, 쇠고기로 만든 양념불고기를 집어 들어 이 회장의 입에 넣어주며 말했다.

"술은 더 이상 하지 마세요."

"알았어, 알았어!"

두 사람이 그런 이야기를 나누는 동안 태호는 '쇠고기가 어디서 났지? 분명 나는 삼겹살을 사오라고 돈을 줬는데?'라는 생각을 하며 머리를 흔들었다.

이 모양을 본 이 회장이 태호에게 말했다.

"왜? 내가 술을 그만 마신다는 것이 서운한가?"

"아, 아닙니다. 절대 그게 아니고……."

"됐어. 그만하고. 여보!"

말끝에 이 회장이 박 여사의 핸드백을 바라보니 무언가 눈치를 챘는지 박 여사가 알았다는 대답과 함께 백에서 무엇인가를 꺼냈다. 그것을 받아 든 이 회장이 넌지시 아버지 앞으로 밀어 넣으며 말했다.

"약소하지만 이것 받으세요?"

"이게 뭡니까? 억……!"

깜짝 놀라는 아버지를 따라 시선을 준 태호 또한 눈이 왕방울만 해졌다.

아버지 앞에 놓인 것은 수표로, 동그라미를 한참 세어야 하는, 액면가 5천만 원짜리 수표인 까닭이었다.

"아니, 장인어른!"

생전 처음 보는 금액에 너무 놀라 입만 쩍 벌린 채 아무 말도 못하시는 아버지를 대신해 태호가 무어라 말하려는데, 급히 손을 내저은 이 회장이 말했다.

"재력으로는 그래도 우리나라에서 열 손가락 안에 든다는 사람의 사돈이 없이 산다면 내 입장이 어떻게 되겠나? 그러니 아무 말 마시고 땅 마지기 조금이라도 더 장만해 남부럽지 않게 사세요, 사돈어른!"

"이걸 정말 받아도 되는 겁니까?"

아버지의 물음에 안색을 굳힌 이 회장이 힘찬 목소리로 답했다.

"물론입니다."

그 말에도 차마 챙기지 못하고 다시 아들 눈치를 보는 아버지를 향해 태호가 말했다.

"받으세요, 아버지! 그 대신 제가 더 열심히 노력해 회장님을 더 큰 부자로 만들어 드리겠습니다."

"하하하! 바로 그거야!"

이쯤 되자 아버지도 슬그머니 수표를 챙기시더니, 이번에는 박 여사의 눈치를 보았다. 그러자 박 여사가 말했다.

"형편을 듣고 미리 준비한 것이니 받아두시고, 우리 딸 효주나 많이 예뻐해 주세요."

"물, 물론입니다. 아니래도 며늘아기가 얼마나 예쁘고 심성도 고운지, 며늘아기만 생각하면 자다가도 벌떡 일어나 춤이라도 덩실덩실 추고 싶습니다."

"하하하!"

아버지의 말이 기분 좋았던지 이 회장이 대소를 터뜨리고 박 여사도 미소로 화답했다. 어찌 되었든 지참금 치고는 너무 과한 액수였다. 5천만 원이면 이 당시 촌에서 논 50마지기 정도는 살 수 있는 거금으로, 졸지에 아버지는 거부가 되었다.

그런 아버지가 기쁨을 감추지 못하고 싱글벙글하는 모습을 보며 태호는 아버지 잔에 술 한 잔을 따라주고 조용히 밖으로 나왔다. 그리고 부엌으로 가보니 아니나 다를까 효주가 겉돌고 있었다.

일도 일머리를 알아야 돕는 법인데 평소에도 부엌에는 거의 안 들어가는 그녀인데다, 환경마저 낯서니 쭈뼛쭈뼛 어찌할 바를 모르고 서 있었다. 그런 그녀를 태호가 조용히 불렀다.

"효주 씨!"

"아, 네!"

구세주라도 만난 듯 반색하며 튀어나오는 그녀를 데리고 태호는 장독대가 있는 곳으로 갔다. 그리고 말했다.

"효주 씨! 고마워요!"

"네?"

어안이 벙벙한 그녀의 얼굴을 보고 태호가 말했다.

"장인어른이 아버지께 5천만 원을 주셨어요."

"그래요? 잘됐네요. 아니래도 시댁이 잘 산다는 소리를 들으면 좋잖아요?"

"하하하! 그렇지?"

"네."

"고맙소!"

말과 함께 갑자기 그녀를 가볍게 끌어안은 태호가 그녀의 귀에다 대고 속삭였다.

"사랑해!"

"어머!"

깜짝 놀라 얼굴이 빨개져 태호를 뿌리치고 달아는 그녀를 보며, 태호 또한 괜히 덩달아 기분이 좋아져 휘파람을 불며 사방을 두리번거리는데, 삽살개와 놀고 있는 동생 성호가 보였다.

"야, 성호야!"

"네, 형님!"

개와 놀고 있다 깜짝 놀라 대답하는 동생을 보고 태호가 물었다.

"너 삼겹살 안 사고 소고기 샀냐?"

"이럴 때 형 덕에 소고기 먹어보지, 언제 먹어봐요."

"잘했다."

"네?"

혼날까 봐 미리 겁먹고 있는데 잘했다고 칭찬을 하니 놀란 그의 얼굴을 보고 태호는 거푸 말했다.

"잘했다고."

"네. 하하하! 그렇죠?"

영문도 모르고 좋아하는 동생을 보고 씩 웃어준 태호는 부엌에도 못 들어가고 주변인이 되어 뜰에 우두커니 서 있는 효주를 향해 걸어갔다.

*　　　*　　　*

이렇게 한 해가 기분 좋게 끝나는가 싶더니 해가 바뀐 1월에도 좋은 뉴스가 태호의 입을 귓가에 걸리게 했다.

1982년 1월 29일. 매일경제 10면에 나온 기사 때문이었다.

'土開公(토개공) 開浦(개포)지구 내달부터 宅地(택지)조성'이라는 제하에, 한국토지개발공사는 개포지구 용지 이용 계획을 확정, 다음 달부터 본격적인 택지조성 공사에 들어간다는 계획을 발표했다.

이 기사에 따르면 토개공은 수용 토지의 보상비 포함, 총공

사비 3백 77억 원을 투입, 오는 83년 말까지 공사를 끝마칠 계획이라고 밝히고 있었다. 연이어 고덕지구 또한 택지로 개발한다는 기사가 나 삼원그룹은 겹경사를 맞았다.

이 두 곳에 미리 사놓은 땅 40만 평에서 얻은 시세 차익만도 물경 200억여 원. 뿐만 아니었다. 여기에 혜택이 또 있었다. 수용당한 자들이 보상비가 너무 싸다고 연일 데모를 하자 정부에서 또 하나의 혜택을 내놓은 것이다.

즉, 수용당한 면적에 비례하여 토개공에서 택지를 조성한 후 50~70평을 분양가보다 싸게 공급해 주겠다는 약속을 한 것이다. 그런데 이것이 또 어마어마한 금액이 될 줄은 당시 아무도 몰랐다.

아무튼 당장 얻은 시세 차익만도 200억여 원. 누가 뭐라 해도 제일 기뻐한 사람은 당연히 이 회장이었다. 태호의 말을 믿고 따른 것이 그 어느 사업보다 큰 수익을 내자, 사돈댁에 5천만 원만 준 것이 미안할 정도였다.

어찌 되었든 태호의 보고를 들은 그 자리에서 이 회장이 희색이 만면한 얼굴로 그에게 말했다.

"필요한 게 있으면 말만 하시게. 무엇이든 다 들어줄 테니."

"있긴 있습니다만⋯⋯."

"뭔데 그렇게 뜸을 들이나? 뭐든지 말만 하시게."

"알겠습니다. 음⋯⋯."

"제과 부사장은 그만두고 싶습니다."

태호의 말에 이 회장의 입에서 반사적으로 고성이 튀어나왔다.

"뭔 소린가? 지금!"

"사람이 열 가지 일은 다 잘할 수는 없잖습니까?"

"그래서 일이 많다는 거야, 뭐야?"

"많다기보다는 안정된 제과 쪽은 다른 사람에게 물려주고, 그룹의 새로운 분야인 건설과 라면 쪽에 보다 역량을 집중하고 싶습니다. 그래야만 그룹이 더 클 수 있다고 봅니다, 회장님!"

"그러니까 자네의 이야기는 사람의 역량이라는 것은 한정되어 있으니, 그룹으로 보면 아직 미개척 분야랄까, 입지가 불안한 신규 사업 쪽에 보다 많은 시간을 할애하고 싶다는 이야기 아닌가?"

"그렇습니다, 회장님!"

"흐흠……! 일리 있는 말이네만…….."

침음하며 잠시 생각에 잠겼던 이 회장이 말했다.

"그건 언제든지 가능한 일로 보상이라 할 수 있는 것이 아니잖은가?"

"그룹이 잘되면 됐지, 제가 뭘 더 바라겠습니까?"

"하하하! 평상시에도 느끼는 것이지만 자네는 인성까지 되었어. 보상도 그래. 당장 뭘 들어주는 것보다 필요한 것이 있을 때 들어주거나, 아니면 나의 사후 상속에도 반영될 수 있는 것이니 시일을 두고 생각해 보자고. 그리고 제과 쪽을 그만두는 문제는 내가 사람을 구하는 대로 시행하도록 하지."

"고맙습니다, 회장님!"

"정작 고마워해야 할 사람은 나야. 아무튼 애썼고, 보상 문제는 추후에 한 번 더 논의하는 것으로 하지."

"네."

이것으로 이날의 회동이 끝났다. 야망이 큰 자, 오히려 무욕(無慾)으로 보이는 것처럼, 당장은 아무것도 요구하지 않았지만 먼 훗날 더 많은 보상을 꿈꾸며.

*　　　　*　　　　*

그로부터 일주일이 흐른 3월 초순 어느 날.

편봉호로부터 소개를 받은 이래로 한 달에 한 번의 만남을 가져오던 경제수석 김재익으로부터 전화가 걸려왔다. 물론 술 한잔하자는 전화였다.

만난 지 2주가 지난 시점이라 여느 때와는 다르게 빠르다는 생각을 하며 태호는 약속 장소인 갈빗집으로 갔다. 세 번까지는 편 사장과 같이 만났던 그 장소에서 만났다.

그러나 세 번째 만남에서 태호는 솔직하게 말했다. 과도한 지출이 부담이 된다고. 친교를 위한 만남이라면 보다 저렴하면서도 회포를 풀 수 있는 장소가 어떻겠느냐는 태호의 제안에 그도 흔쾌히 응했다. 자신이 더 부담스러웠다며, 먼저 말하지 못한 것이 미안하다고까지 했다.

이렇게 되어 둘이 만날 장소가 지금 태호가 가고 있는 삼청동 갈빗집이었다. 삼청동은 청와대와 가까운 곳이다. 그러니까 김 수석이 얼마 이동하지 않아도 되는 곳에 만남의 장소가 정해진 것이다.

'만추(晚秋)'라는 상호의 이 집은 사장이 지금의 고택을 사들여 개조한 한옥 집으로 아름다운 정원과 누각, 그리고 밀실이 있는 것이 특징이었다. 게다가 음식도 소갈비나 돼지갈비만 파는 것이 아니라 쇠고기도 팔아 기호에 따라 골라 먹을 수도 있어 좋았다.

아무튼 태호가 도착하자 몇 번의 안면이 있는 지배인이 정중히 그를 맞았다. 그리고 네 개의 별실 중 하나로 태호를 데리고 들어갔다. 김 수석이 이미 와 자리 잡고 있었던 까닭이다.

아무튼 태호가 방문을 열고 들어가자 김 수석이 자리에 일어나 손을 내밀며 말했다.

"늦었구먼."

"제가 늦은 게 아니라 선배님이 일찍 오신 겁니다."

"그런가? 일단 앉지."

"네."

태호가 자리에 앉아 이미 나와 있는 물수건으로 손을 닦고 있자 김 수석이 물었다.

"지난번과 같이 등심에 소주로 할까?"

"네."

태호의 대답에 김 수석은 이미 와 대기하고 있던 아가씨에게 주문을 했다.

"꽃등심 5인분에 소주 3병만 가져오시오."

"네."

답한 아가씨가 물러가자 김 수석이 말했다.

"오늘은 술 좀 마시고 싶구면."

"무슨 일이 있었습니까?"

"각하의 진노가 대단하셨어."

"무슨 일로……?"

"개포지구랑 고덕지구 알지?"

"네."

"아, 글쎄! 그곳이 땅 투기장이 되었다고."

그가 이어 한 말은 다음과 같았다.

그곳 땅주인들의 데모에 철거 보상비로 가구당 50~70평을 시세보다 싼 10만 원씩에 공급했다. 이곳의 정리가 끝난 뒤의 분양가가 내부적으로 13만 5천 원에 이미 결정되었기 때문에 가능한 일이었다.

그런데 문제는 보상받은 자들이 등기도 하지 않고 미리 파는데, 평당 60만 원 이상을 받고 팔고 있다는 것이었다. 심지어는 70만 원도 받은 사람이 있다는 국세청장의 보고에, 전통이 '부족한 주택 물량 공급하라 했지, 누가 땅 투기장 만들라고 했느냐'며 화를 내더라는 것이었다.

지금도 그때를 생각하면 진땀이 난다며 손수건으로 이마를 닦는 김 수석을 바라보며 태호 또한 내심 뜨끔하지 않을 수 없었다. 삼원개발도 이 지역에 오백 세대 이상을 차명으로 관리하며 시세가 조금 더 오르기를 기다리고 있었기 때문이다.

아무튼 그의 말에 속으로 식은땀을 흘리긴 마찬가지인 태호가 태연하게 물었다.

"그래서 그들을 어떻게 처리하기로 했습니까?"

"거래 명단이 입수되는 대로 거래 금액의 75%를 시세 차익으로 간주해 과세하기로 했네."

"그렇군요."

태호가 고개를 끄덕이는데 마침 아가씨보다는 아줌마로 보이는 두 명의 미시(Missy)들에 의해 밑반찬과 함께 주문한 음식이 들어왔다.

그중 하나가 미리 갖다놓은 숯불에 고기 올려놓는 것을 보며 태호는 술병을 따르며 말했다.

"한 잔 받으시죠?"

"그럴까?"

곧 태호가 한 잔을 따라주니 그도 이어서 태호에게 한 잔을 따라주었다. 그리고 그가 잔을 들어 올리며 밑도 끝도 없이 말했다.

"축하하네."

"네?"

"자네가 금번에 라면과 건설 사장이 되었다며?"

"벌써 열흘 전 일입니다."

"그 일이 있고 나서 처음 아닌가?"

"그렇긴 그렇습니다만……."

"제과는 결국 편 봉호가 사장으로 발령났다며?"

"그렇습니다."

"대안이 없었나 보군."

"네?"

"편 사장은 다 좋은데 너무 경망스러워. 솔직히 사장감은 아니지. 사위만 아니었다면."

"저는 그가 사장이 되는 데 선배님이 영향력을 행사한 줄 알았습니다."

"그런 일 전혀 없어. 그룹의 내부 일까지는 간섭하지 않는다고. 지난번에는 하도 떼를 써서 어쩔 수 없이 국내 귀국은 시켰지만 말이야."

"그렇군요."

두 사람의 대화와 같이 10일 전 이 회장은 정식으로 편봉호를 제과 사장에, 태호를 라면과 건설사장으로 정식 발령낸 바 있었다. 이때 1차로 불판에 올려놓은 고기가 다 구워졌으므로 김 수석이 한 명 남은 미시에게 말했다.

"그만 나가봐요."

"네."

곧 그녀가 나가자 두 사람은 새삼스럽게 다시 한번 소주잔을 부딪치고 술을 입안에 털어 넣었다. 그리고 안주로 등심 한 조각을 집어 씹으며 그가 말했다.

"요즘 신라면의 판매고가 장난이 아니지?"

"네. 3교대로 풀가동을 해도 미처 생산량이 수요를 따라가지 못합니다."

"그럴 것 같아. 술 마시고 난 다음 날 얼큰하니 해장으로도 좋더만. 그리고 비빔면인가 뭔가 하고 짜파게티는 아이들이나 부녀자들이 좋아하는 것 같고."

"그렇습니다. 그간 생산 설비 갖추어 출고는 2월 1일부터 했지만 실제 광고는 1월 1일부터 하는 바람에, 물건이 없는데 광고를 한다고 욕을 하면서도 기다렸던 사람들의 대기 수요까지 일시에 폭발하는 바람에 목하 생산 설비를 증설해야 할지 고민 중입니다."

"그럴 거야. 아무튼 잘된 일이고, 자! 한잔 더 하세."

"네."

곧 두 사람은 무슨 신성한 의식이라도 거행하듯 잔을 부딪고 술잔을 입안에 털어 넣었다. 그리고 태호가 고기가 타지 않도록, 아니, 더 심하게 구워지지 않도록 상추에 살짝 익은 고기들을 내놓는데 김 수석이 한 점을 집으며 말했다.

"자네를 만나면 부담이 없어 좋아. 기업인이면서도 청탁을 하지 않으니 말이야."

"지난번에 말씀드린 대로 딱 두 번만 하겠으니 그때는 거절치 마십시오."

"이거 겁나는데. 그렇지만 나도 사내야. 한번 한 약속은 어떠한 일이 있어도 지킬 테니, 너무 걱정 말라고."

"믿습니다. 건배 한번 할까요?"

"좋지. 오늘은 모처럼 취하기로 했으니 말이야."

"하하하! 좋습니다."

이렇게 시작된 술자리에서 둘은 여섯 병이나 비웠다. 평소 한 병 이상은 거의 마시는 것을 본 일이 없었는데, 이날은 김 수석이 무려 두 병이나 마신 까닭에 평소보다 소주값이 조금 더 나왔다.

다음 날.

태호는 출근하자마자 삼원개발 사장을 불러 당부했다. 개포와 고덕지구의 보상받은 땅을 당분간 팔지 말 것을. 즉, 국세청의 단속이 지나고 난 후에 팔든지 말든지 결정을 하자고.

*　　　*　　　*

3월 6일 토요일.

업무가 끝나자마자 태호는 효주와 함께 회사를 출발했다. 차 트렁크에는 삼원치킨에서 준비한 50마리분 양념통닭을 실은 상태였다. 곧 남동생 성호의 면회를 가는 길이었다.

성호는 작년에 입소를 두 번이나 했다. 한 번은 증평에 있는 사단으로 입소했으나, 시력이 나쁘다는 이유로 그곳에서 쫓겨나, 작년 11월 초에 논산으로 재입교를 했다.

그리고 훈련이 끝나 그가 배치받은 곳은 수원 근처에 있는 보병 부대였다. 그러고 보면 형제는 군 생활에 있어 수원과 인연이 있는 모양이었다. 그렇게 보병 자격 미달로 쫓겨난 놈이, 결국은 보병이 되어 해안을 경비 중인 부대에 배속되어 있었던 것이다.

그러고 보면 빽 있는 놈들이 대신 빠지고, 태호가 아무런 손도 쓰지 않으니 결국 그는 보병 보직을 받은 모양이었다. 듣기에 재입소한 동생은 특수병과가 예정되어 있었는데, 결국 후반기 교육을 못 받고 보병 주특기를 받았으니 태호가 그런 생각을 하게 된 것이다.

아무튼 수원으로 향하는 차 안에서 효주가 태호에게 뜬금없이 물었다.

"태호 씨, 나 믿어요?"

"그럼, 다른 사람은 못 믿어도 효주 씨 말이라면 팥으로 메주를 쑨다고 해도 믿지."

"호호호! 좋아요. 그래서 말인데요."

"무슨 말을 하려고 사설이 그렇게 길어요."

"들어봐요. 내 생각으로는 삼 년 후쯤 식을 올리고 싶어요."

"네? 그때쯤이면 노총각으로 혼인길 다 막힌다고요."

분명 농담임을 알면서도 효주가 언성을 높였다.

"그럼, 나 말고 다른 데로 장가갈 생각이 있는 거예요?"

"절대, 절대, 그럴 리가 없지요."

"그러니까 말인데요. 호텔이 완공되는 3년 후, 우리 그 호텔에서 화려하게 식을 올려요."

"호텔이라면 우리 호텔 아니더라도 많은데, 굳이 아직 짓지도 않은 호텔에서 식을 올릴 생각을 하는 건 뭐예요?"

"이상하게 호텔에 애정이 가요. 그래서 내 상속분이 있다면 아빠에게 호텔을 유산으로 달라고 하려고요. 그리고 열심히 경영해 볼 거예요."

"백화점은요?"

"그건 생각 좀 해보고요."

그녀의 꿈을 확실히 알게 된 태호였지만 다시 한번 확인을 했다.

"그동안 호텔경영학 공부라도 하겠다는 거예요?"

"네. 처음부터 그랬으면 좋았겠지만 지금도 늦지 않았잖아요?"

"그야, 그렇습니다만, 그런 일은 결혼 후에라도 얼마든지 가능한 일이 아닐까요?"

"아무래도 결혼을 하게 되면 이것저것 얽매이는 일이 많을 것 같아서……."

"아이고, 이러다 정말 총각 귀신 되는 건 아닌지 모르겠네."

"날 믿는다고 했잖아요?"

"알았습니다. 그럼, 3년 후 호텔이 준공되면 바로 결혼하는 겁니다."

"약속해요."

새끼손가락까지 내밀며 다짐하는 그녀를 보고 태호는 어쩔 수 없이 새끼손가락을 걸 수밖에 없었다. 혼인이라는 것이 쌍방의 합의하에 되는 것이지, 일방의 주장에 의해서만 될 수 있는 일이 아닌 이상 싫어도 어쩔 수 없이 승낙했다. 하지만 이 때부터 태호는 모종의 계획을 세우고 운전에만 집중했다.

그런 태호의 기분을 아는지 그녀가 다시 물었다.

"시누이가 고등학교 입학 자격 검정고시에 합격했다면서 요?"

"네."

대답을 하는 태호로서는 효주가 물은 내용보다 그녀가 동생을 '시누이'라 표현한 것에 대해, 더 기뻐하며 간단하게 대답하고는 부연 설명을 했다.

"공부에 다시 입문한 지 2년 만에 중졸 검정고시에 합격했다는 것을 나는 아주 높이 평가해요. 초등학교 졸업한 지가 언제인데 다시 공부에 손을 대 2년 만에 합격했다는 것은, 동생의 노력이 보통 아니었음을 방증하는 것 아니겠어요?"

"저도 그렇게 생각해요."

둘의 대화는 간단(間斷) 없이 이어졌다. 물론 중간에 잠시 정적이 감돌 때도 있었지만 둘의 끊임없이 이어지는 대화는 둘의 이해를 더욱 깊게 했다. 아무튼 이렇게 해 태호는 동생이 근무하고 있는 해안가 한 막사에 도착했다.

소대 하나가 파견 나가 근무하고 있는 곳이었는데, 보초를 서고 있다 나온 동생 성호의 모습을 보고 태호는 안쓰러움을 금할 수 없었다. 3월이지만 채 벗지 못한 방한복은 빨지를 않아 꼬질꼬질했고, 그동안의 훈련이 고됐는지 많이 야위어 있었다.

그런 동생이지만 치킨 50마리를 막사에 풀어놓으니 막사 내는 완전 잔칫집 분위기였고, 동생도 흐뭇한 웃음을 머금었다. 그런 분위기 속에 태호가 소대장에게 동생의 외박을 청하니, 소대장은 모처로 전화를 걸더니 결국 허락해 주었다.

곧 외출복으로 갈아입은 동생을 데리고 태호는 수원 시내로 나왔다. 그리고 그가 그토록 먹고 싶었다던 짜장면 한 그릇과 소주 한 병을 사주고 용돈으로 20만 원을 주었다. 그러자 효주가 따로 20만 원을 더 챙겨주었다. 이에 동생의 입이 귀에 걸리며 연신 '형수님, 고맙습니다!'라는 말을 했다.

형한테는 딱 한 번 고맙다는 말을 하더니…… 아무튼 둘은 그런 동생을 남겨두고 해거름에 서울로 향했다.

＊   ＊   ＊

내일을 기약할 수 없는 사람에게는 천금 같은 하루지만 타성에 젖어 사는 사람들에게는 단지 빠르게만 느껴지는 세월이 흐르고 흘러, 어느덧 한 해가 또 지나고 83년도 6월의 끝자락인 29일 날 전 신문에 대대적인 기사가 하나 실렸다.

'木洞(목동)지구 4백30만 평방m(1백 30만 평)는 절대농지로

서는 처음으로 宅地(택지)로 轉用(전용)되는 것으로 서울시 住公(주공) 土開公(토개공)등이 사업 주체가 돼 公營(공영)개발 방식에 의해 토지를 일괄 매입 개발하기로 했다.'는 기사 내용이었다.

이로 인해 삼원그룹은 100억여 원, 또 단속이 완전히 사라진 틈을 타 개포, 고덕지구의 철거 보상비조로 받은 땅도 대거 미등기 전매하여 20억 원 가까운 시세 차익을 실현했다.

당연히 이 회장이 매우 기뻐하는 가운데, 세월은 또 빠르게 흘러 10월 달이 되었다. 그것도 7일 금요일 저녁이었다. 태호는 청와대 김재익 경제수석에게 전화를 걸었다. 교환이 바로 그에게 연결시켜 주었다.

"형님! 접니다."

이제 둘은 3년여의 만남 끝에 호형호제하는 사이로까지 발전해 있었다.

"아, 아우! 웬일?"

"급합니다. 저 좀 오늘 꼭 만나주십시오."

"전화상으로는 안 되겠나?"

"안 됩니다. 형님!"

태호의 말에도 김 수석은 여전히 난처한 음성으로 말했다.

"아무래도 오늘은 좀 곤란한데. 자네도 알다시피 서남아 6개국 순방을 위해 나도 각하를 모시고 내일 오전에는 출발해야

해. 그래서 그 준비로 몹시 바쁘단 말이야."

난색을 표하는 김 수석에게 태호가 말했다.

"형님, 제가 전에 한 말 기억하십니까? 딱 두 번만 청탁하겠다는 말."

"물론 기억하고 있지."

"오늘이 바로 그날입니다. 그러니 아무리 바쁘시더라도 잠시 짬을 내주십시오."

"허허, 거참……!"

난처한 듯이 한동안 말이 없던 그가 다시 말했다.

"그럼, 내 길게는 안 되고 잠시 짬을 내겠네. 어디로 가면 되겠나?"

"만추에서 기다리고 있습니다."

"알겠네. 내 바로 그곳으로 가지."

"기다리겠습니다."

태호의 말을 끝으로 전화가 끊어지자 그는 길게 한숨을 불어내며 요 며칠의 일을 떠올려 보았다.

사실 태호는 요즈음 건설 현장에 매달려 살고 있었다. 자신이 건설과 라면 사장을 맡고 있는 이유도 있었지만, 특히 현장에 살며 호텔 건설을 독려하는 데는 다 그만한 이유가 있었다.

효주가 호텔이 완공되면 삼원호텔에서 성대한 결혼식을 하겠다는 말에 그 기간을 최대한 단축시키기 위해 노력하고 있는 것이다. 그렇게 되면 그녀와의 애초 3년 약속 시간이 그만큼 단축될 것을 믿으며.

아무튼 이런 이유로 태호가 건설 현장에 살다보니 김 경제 수석에 대해서는 깜빡한 면이 있었다. 주지의 사실과 같이 그는 10월 9일 발생하는 버마 아웅산 테러 사건으로 인해 희생되는 사람이다.

그러니까 그를 아예 그 현장에 가지 못하게 하는 것만이 그를 잃지 않는 첩경이라 생각하면, 며칠 전에 만나는 것이 옳았다. 그러나 좀 전의 이야기와 같이 잠시 그를 깜빡하고 있다가 오늘 모처럼 일찍 퇴근해 저녁 뉴스를 보다가 순방이 임박했음을 알고 부랴부랴 전화를 한 것이다.

태호가 만추 별실에서 기다리길 25분. 소란스러운 소리와 함께 마침내 그가 도착했다. 이에 태호는 앉은 자리에서 벌떡 일어나 그를 맞으러 나갔다. 곧 그가 복도에 들어서자 그를 맞은 태호가 대뜸 그를 끌어안고 울먹이는 음성으로 말했다.

"다행입니다, 다행! 천만다행입니다. 형님!"

이에 김 수석이 태호를 떼어내며 말했다.

"이 무슨 짓인가? 평소 아우답지 않게."

"요즈음 바쁜 일로 형님께 소홀했던 점, 다시 한번 사과드립니다."

"허허, 이 사람이 오늘 뭘 잘못 먹었나? 왜 이래?"

"일단 안으로 들어가시죠, 형님!"

"물론 들어가야지. 여기까지 왔으니."

곧 두 사람은 밀실 안으로 들어왔고, 김 수석은 앉지도 않고 말했다.

"음식 주문하지 말고, 할 말 있으면 빨리 말해."

"여기까지 오셨으니 일단 앉아나 보십시오."

"허, 거참!"

마지못해 엉거주춤 앉는 그를 보고 태호가 말했다.

"지난 두 달에 걸쳐 제가 형님에게 얘기한 게 있죠? 현직에서 물러나라고."

"자네의 간곡한 말에 내가 두 번이나 대통령께 사표를 냈으나, 수리되지 않았다고 몇 번이나 말했나?"

"오늘 제가 드릴 말씀은 그와 관계가 있습니다."

"무슨 이야기인지 좀 더 구체적으로 말씀해 보시게."

"아무래도 이번 서남아 6개국 순방은 흉다길소(凶多吉小)입니다."

"무슨 이유로 그런 말을 하나?"

"국가 대사에 관한 한 제 점괘가 꽤 영험합니다. 그런 일에 대해 제 점이 한 번도 빗나간 일이 없다는 것을, 제 주변 사람들 모두가 알고 있습니다."

"자네 말을 액면 그대로 받아들여 자네 말을 따르려 해도, 수행 명단에서 뺄 방법이 없잖은가?"

"제가 생각해도 대통령께 아무리 건의를 해도 빼주지는 않을 것입니다. 경제에 관한 한 대통령께서 그만큼 의지하고 믿는 바가 크니까요. 이번 순방 목적도 결국은 경제 발전을 이루기 위한 친교 목적인데, 경제수석이 빠진다는 것은 있을 수 없는 일이지요."

"그렇게 잘 알고 있는 자네가 자꾸 그런 말을 하면 어쩌나?"

"그래도 그 무엇보다 목숨이 소중하지 않습니까?"

"물론 그렇지. 하면 대통령 이하 모두의 방문을 취소하는 것은 어떻겠나? 허허, 내가 한 말이지만 이제 와서 도저히 말도 안 되는 소리로군."

"그러니 형님만이라도 무슨 이유를 대던지 빠지십시오."

"아무리 생각해도 이제 와서는 방법이 없어."

"그렇습니까?"

"물론이네."

"그럼 가십시오."

"아우, 서운한가?"

"서운할 게 뭐 있습니까? 자신의 목숨 자신 마음대로 한다는데."

"거참……!"

머리를 긁적이면서도 어쩔 수 없다는 듯 김 수석은 밀실 문을 나갔다. 그러자 태호가 조용히 그를 따랐다. 그런 그를 보고 김 수석이 말했다.

"배웅하지 않아도 돼."

"마지막일지도 모르는데 의당 배웅해야죠."

"쩝……!"

입맛을 다시면서도 그는 복도를 빠져나와 정원에 섰다. 그리고 태호에게 말했다.

"이만 들어가시게."

"혼자 무슨 맛으로 술을 마시겠습니까? 저도 가야지요."

"그런가?"

말을 하며 자신의 차로 향하는 그의 뒷모습을 바라보며 태호가 자신의 차 주변에 있던 덩치 세 명에게 눈짓을 했다.

그러자 갑자기 세 명이 신속히 움직이기 시작했다. 곧 김 수석에게 다가간 그들은 다짜고짜 한 사람은 그의 입을 틀어막으며 상체를 받쳤고, 두 사람은 그의 다리를 번쩍 들어 신속히 태호의 차에 태웠다.

곧 태호 또한 자신의 차 조수석에 탔다. 그리고 뒤를 돌아보니 두 덩치 사이에 낀 김 수석이 노한 목소리를 토해냈다.

"이 무슨 짓인가?"

"형님이 말을 듣지 않으니 납치하려 합니다."

"뭐?"

어이가 없는지 실소하는 그에 관계없이 차는 빠르게 만추의 정문을 빠져나가고 있었다.

"정말 이렇게까지 해야 되나?"

"저 또한 형님의 목숨을 구하기 위해서 이 방법밖에 생각해내지 못한 것이 죄송스러울 따름입니다."

"참나……!"

어이없는 표정으로 한동안 차창 밖을 살피던 김 수석이 말했다.

"내 아우에게 부탁하건데 이제라도 날 내려주시게."

"안 됩니다, 형님!"

더 이상 말도 못 잇게 단호히 거부하는 태호의 뒤통수를 어이없는 얼굴로 한동안 바라보던 김 수석이 반쯤 포기한 목소리로 물었다.

"어디로 가는 것인가?"

"곧 아시게 될 겁니다."

태호가 답은 그렇게 했지만 김 수석이 최종 목적지를 알게 된 것은 그로부터 장장 6시간이 더 지난 뒤였다.

차는 빠른 속도로 내달려 강남의 호텔 신축 현장에 도착했고, 그러자 그곳에는 이미 준비된 택시가 있었다. 곧 강제로 이 회장 경호원에 의해 택시로 옮겨진 김 수석은 택시에 실려

경부선 고속도로를 타게 되었다.

물론 이 과정에서 택시를 빌려준 운전기사는 거금 10만 원을 받고 어딘가로 사라졌다. 차는 내내 쉬지 않고 달렸다. 그렇게 달리길 장장 4시간 만에 차는 경주 톨게이트로 들어서고 있었다.

경주로 들어온 차는 그래도 만일을 염려해 국도를 타고 울산으로 향했다.

그리고 울산에서도 방어진의 한 호텔 앞에 도착한 것은 이미 새벽 1시가 다 되어가는 무렵이었다.

전두환이 들어서고 전국적으로 통금이 사라졌기 때문에 이들이 움직이는 데는 아무런 지장이 없었다. 아무튼 호텔 한 객실에 여장을 푼 태호는 곧 중간 슈퍼마켓에서 산 소주와 오징어 및 과자 봉지를 꺼내놓고 말했다.

"이럴 때는 술 한잔하고 푹 주무시는 게 최고입니다. 형님!"

"자네 같으면 잠이 오겠나?"

"그럼, 어쩌겠습니까? 포기할 때는 일찍 포기하는 것도 건강에 큰 도움이 됩니다. 형님!"

"너 같은 놈을 아우로 두는 바람에 내 꼴이 말이 아니게 됐군."

"채 이틀이 지나기 전에 형님께서는 저에게 진정 감사할 것이니 두고 보십시오. 형님!"

"그렇게 되든 안 되든, 허허, 이제 와서 어쩌겠나? 자네 말대로 술이나마 한잔하고 푹 자고 싶군."

"그렇게 하십시오, 형님!"

이렇게 해서 두 사람은 변변한 안주도 없이 소주를 마시기 시작했다. 그 시각, 청와대 경호실은 난리가 났다. 잠깐 나갔다 온다던 김 수석이 12시가 넘어도 안 들어와 처음에는 그의 집으로 전화를 해보았다.

그러나 집에도 안 들어왔다는 대답에 그가 잘 가던 몇몇 곳을 조사하다가 만추에서 그의 차를 발견하고, 추궁 끝에 삼원그룹 김태호 사장과 함께 있었다는 말을 들었다.

곧 경호실에서는 이 회장 집에 전화를 걸어 추궁했으나 그도 아는 것이 전혀 없는 관계로 제대로 된 답변을 할 수 없었다. 그래서 결국 경호실에서는 경찰에 이를 알려 김 수석을 찾아내도록 했다.

졸지에 비상이 걸려 경찰들이 그를 찾기 위해 혈안이 되었으나 그를 찾는 것은 결코 쉬운 일이 아니었다. 이에 경호실장 장세동은 밤새 끙끙 앓다가 대통령의 기상 후에 이를 보고하니, 전두환도 깜짝 놀라 그를 빨리 찾아내도록 경찰청장을 직접 불러 호통을 내질렀다.

그러나 끝내 김 수석의 행방을 알지 못한 가운데, 공항으로 출발할 시간이 다 되어 결국 전두환 일행은 김 수석 없이 서

남아 6개국 순방길에 오를 수밖에 없었다.

그렇게 하루가 조금 더 지난 10월 9일 일요일이자 한글날인 이날 오후. 대한민국을 발칵 뒤집어 놓은 대형사건이 호외로 발행되는 것은 물론, 각종 TV와 라디오 등의 매체를 통해 실시간 계속해서 사건 내용을 토해내기 시작했다.

호외로 발행된 신문은 '全大統領 방문 버마서 大爆發事故'라는 상단 머리기사 제하에 사건 내용을 전하고 있었다.

전 대통령의 서남아 대양주 6개국 순방의 첫 방문지인 버마의 아웅산 묘소에서 9일 오전 10시 25분(한국 시간 낮 12시 55분) 폭발 사고가 발생, 전 대통령의 묘소 참배에 배석하기 위해 미리 도열해 있던 공식 비공식 수행원 15명이 사망하고, 16명이 중경상을 입었다고 청와대 황선필 대변인이 이날 오후 발표했다.

황 대변인은 이날 사고는 북괴가 설치한 것으로 보이는 폭발물에 의해 발생한 것으로 서석준 부총리 등 공식수행원 11명과 비공식 수행원 4명, 이기백 합참의장 등 공식 비공식 수행원 16명이 부상당하는 비극적인 일이 발생했다고 발표했다. 그리고 그 밑으로 사망자 명단과 부상자 명단이 죽 나열되고 있었다.

태호는 위와 같은 내용이 발표되기 직전 집으로 찾아들고 있었다. 기왕 이렇게 된 것, 모처럼 푹 쉬었다 가자는 김 수석의 제안에 따라 태호와 그는 방어진에서 회도 먹으며 간만에 꿀맛 같은 휴식을 취하고 이틀 만에 돌아오는 길이었다.

아무튼 일요일이라 집에서 쉬고 있던 이 회장이 태호가 들어오는 것을 보자마자 노성을 질렀다.

"이 사람아, 지금 뭐 하고 다니는 건가? 이 나라의 나는 새도 떨어뜨린다는 실세를 납치한 거야, 뭐야? 어떻게 된 일인지 자세히 고해보게."

"잠시만 기다리십시오."

이 회장이 펄펄 뜀에도 불구하고 태호는 담담한 표정으로 TV를 켰다. 그러자 이 회장의 얼굴이 더욱 붉어지며 노성을 질렀다.

"자네 지금 뭐 하고 있는 건가? 내 말이 말같이 들리지 않는가?"

그의 말이 무색하게 갑자기 TV에서 정규 방송이 중단되며 긴급 뉴스가 나오기 시작했다.

[서남아 대양주 6개국 첫 순방지인 버마 랭군에서 대폭발사고가 발생해 많은 사상자가 발생했다는 발표입니다. 마이크를 청와대로 옮기겠습니다.]

"저건 또 뭔 소리야?"

이때서야 심각한 사안이 발생한 것을 인지한 이 회장의 눈이 커지며 TV에만 시선을 모았다. 그리고 황 대변인의 발표가 끝나자마자 이 회장이 탄식하며 말했다.

"허허! 자네, 저런 일을 미리 예견하고 김 수석을 데리고 뛰었던가?"

"뛴 게 아니라 그를 못 가게 말린 것이죠."

"그 말이 그 말이네만. 오늘따라 자네가 무섭게 느껴지는군."

"무서운 게 아니라 장인어른의 복이죠."

"하하하! 그렇게 되는가?"

이때였다. 갑자기 전화벨이 요란스럽게 울기 시작했다. 태호가 달려가 곧 전화기를 집어 들었다.

"네. 말씀하시죠."

―날세.

"아, 네!"

예상한 대로 김 수석의 가라앉은 목소리였다.

―정말 무섭게 느껴지는군. 나도 분명 저 현장에 있었을 것이고, 죽었을 텐데 말이야.

"오늘따라 장인어른이나 모두 날 귀신 보듯 하니 견디기 어렵습니다."

―이 일을 어찌하면 좋겠나?

"모든 일정을 취소하고 귀국하지 않겠습니까?"

―그렇게 되겠지.

"유능한 인재들을 잃은 대통령의 진노가 대단하실 겁니다. 곧 북한의 소행임이 확실하게 밝혀질 것이고, 그들을 응징한다고 북침 계획이라도 세우겠지요."

—정말 북괴의 소행인가?

"곧 범인들이 잡혀 확실히 북한의 소행임이 밝혀질 것입니다.

—그렇게 되면 북침이라도 단행하겠다고 하시겠지.

"그러나 미국은 이에 절대 찬성하지 않을 것입니다."

—그럴 가능성이 많아.

"그리고 세월이 흐르면 모든 사안이 그렇듯 유야무야 흐지부지될 것입니다."

—나는 어떤 태도를 취해야 되겠나? 지금 같아서는 이래저래 면목 없는 일이라 사표를 낼 생각이네만.

"고집하셔야죠."

—그래도 말리면?

"이제는 형님이 기조를 잡은 저물가 안전 성장이 뿌리를 내리기 시작했기 때문에, 처음과 같이 강력한 만류는 없으리라 봅니다."

—내 생각도 그래. 그러나 각하께서 귀국하시면 당장 발등에 불이 떨어질 텐데?

"하하하! 제 생각으로는 크게 혼나지는 않으리라 봅니다. 결

과적으로 형님 같은 인재를 죽음의 구렁텅이에서 구해낸 게
되니까요."

─하하하! 그런가? 또 통화함세.

"네, 형님!"

둘의 통화가 끝나자 이 회장이 물었다.

"김 수석인가?"

"네."

"그 사람으로서는 자네에게 구명지은을 입은 셈이군."

태호는 빙긋 웃는 것으로 이 회장의 말에 답변을 대신했다.

*   *   *

희생자들이 국민장으로 엄수된 13일 저녁.

청와대로부터 갑자기 걸려온 전화에 의해 태호는 급히 청와
대 경내로 들어섰다. 곧 검색대를 통과하고 비표를 단 태호는
마중 나온 김 수석과 함께 계단을 오르기 시작했다.

가면서 김 수석이 말했다.

"대통령의 호출이야."

태호가 예상했다는 듯 묵묵히 고개를 끄덕이자 김 수석이
물었다.

"겁나지 않나?"

씩 웃는 것으로 태호가 답을 대신하자 그가 또 말했다.

"이번에는 내 청이 받아들여질 것 같아."

"사표를 수리했습니까?"

"아직 아니지만, 물색하고 있는 분위기야."

고개를 끄덕인 태호가 물었다.

"어디로 가는 중입니까?"

"대통령 집무실. 다 왔어."

그의 말대로 두 사람은 곧 노크와 함께 집무실 안으로 들어섰다.

두 사람이 들어왔음에도 불구하고 전 통은 여전히 뒷짐을 진 채 멍하니 창밖만 응시하고 있었다. 이에 김 수석이 헛기침과 함께 말했다.

"각하! 데리고 왔습니다."

그제야 천천히 등을 돌려 말없이 태호를 노려보기 시작하는 전 통이었다. 그런 그의 입에서 갑자기 노성이 터져 나왔다.

"김 사장, 자네 지금 무슨 짓을 저질렀는지 알고나 있나?"

"네, 각하! 이 나라의 중요 인물을 납치해 정무에 막대한 지장을 초래했습니다."

씩씩하게 답변하는 태호를 보고 갑자기 대소를 터뜨리는 전 통이었다.

"하하하! 정말 배포 하나는 큰 사람이군. 그렇게 큰 중죄를 저질러 놓고도 전혀 위축되지 않다니 말이야."

그래도 태호가 긴장된 표정으로 말없이 서 있자 전 통이 말했다.

"일단 앉으세요."

반말과 존댓말을 오락가락하는 그의 말에 신경 쓸 겨를 없이 태호가 묵묵히 자리에 앉자 그의 맞은편에 앉으며 전 통이 진지한 표정으로 말했다.

"고맙소!"

말과 함께 손을 내밀었으므로 태호도 공손히 두 손을 내밀어 그의 손을 맞잡았다. 그가 요란하게 흔들며 말했다.

"김 사장 덕분에 우리나라 동량 하나를 잃지 않게 되어 진심으로 감사하고 있소."

"제 예지력이 뛰어난 편입니다. 그런데 그 전날 아주 흉몽을 꾸어 감히 있을 수 없는 일을 저질렀습니다, 각하!"

"그렇게 뛰어난 예지력이라면 나의 순방도 말리지 그랬소?"

자신이 말해놓고도 어이가 없는지 그가 바로 덧붙였다.

"하긴 그럴 수도 없었겠지. 그런 말을 했더라면 나뿐만 아니라 들은 모든 사람들이 미친놈 취급했을 테니까 말이야."

말을 해놓고 사방을 둘러보던 전 통이 김 수석을 보고 말했다.

"김 수석은 왜 그러고 서 있소? 여기 앉아요."

"네, 각하!"

김 수석이 대답과 함께 전 통이 가리킨 태호 옆자리에 나란히 앉자 계속해서 그가 말했다.

"이런 일이 있으면 함 비서실장도 함께 배석했을 텐데, 없는 것을 보니 더욱 쓸쓸하군."

그의 말대로 수행했던 함병춘 비서실장 역시 불귀의 객이 되었으므로 이 자리에 있을 수 없었다.

"식사나 하러 갑시다."

말을 끝내자마자 그가 두 사람의 동의도 구하지 않고 일방적으로 일어섰으므로, 두 사람 역시 그의 뒤를 따를 수밖에 없었다. 곧 세 사람이 구내식당에 도착하니 식탁 위에는 이미 풍성한 저녁상이 차려져 있었다.

곧 자리에 앉은 전 통이 대기하고 있는 조리장에게 말했다.

"술이라도 한잔하고 싶군."

"네, 각하!"

전 통의 기호를 잘 알고 있는지 두말없이 자리를 떠났던 조리장이 양주 한 병을 가져오자, 조선 시대로 말하면 기미 상궁쯤 되는 자가 급히 양주잔을 가져왔다.

곧 두 사람의 잔에 술을 따라준 그는 누가 뭐라 할 새도 없이 스스로 자신의 잔에도 잔을 채웠다. 그리고 잔을 들어 올리니 두 사람 역시 잔을 들어 올리지 않을 수 없었다.

"캬……!"

소리와 함께 입에서 잔을 뗀 그가 김 수석을 보고 말했다.

"그동안 고생 많았소. 이제는 놓아줄 때가 되었나 보오. 사람이 순리대로 살아야지 억지로 한다고 되지 않는다는 것을 이번에 절실히 깨달았소."

이해할 수 없는 말을 내뱉은 그가 이번에는 태호에게 시선을 주고 말했다. 종전과 달리 침통한 표정이 아니라 입가에 미소까지 띤 채였다.

"길거리에 나가면 알아보는 사람이 많겠소?"

"네, 광고 두 편 출현했더니……."

더 이상 말을 않고 태호가 머리를 긁적이자 그가 물었다.

"여느 스타 못지않게 인기가 많은 것으로 알고 있소."

태호가 겸연쩍을 표정을 짓자 그의 말이 이어졌다.

"내가 볼 때 김 사장도 대단한 인재요. 혹시 내각에 입각할 의사는 없소? 우선은 비서관 정도로 시작해서 말이오."

"저는 정치에 입문할 생각이 전혀 없습니다. 오로지 제 꿈은 산업보국(産業報國)의 길뿐입니다."

"안타까운 일이지만 본인의 의사가 그렇다니 어쩔 수 없는 일이지."

혼잣말인 듯 작게 말한 그가 갑자기 손뼉을 두 번 쳤다.

그러자 문이 열리며 두 사람이 실내로 들어섰다. 태호도 익히 알고 있는 사람들이었다. 사공일과 강경식이라는 인물이었다. 참고로 사공일은 서울대학교 상과대학을 졸업하고, UCLA(캘리포니아 대학교)에서 경제학 석사와 박사 학위를 취득한 사람이었다.

또 강경식은 직전 재무부 장관이었다. 아무튼 곧 두 사람이 가까이 오자 전 통이 두 사람에게 말했다.

"앉아요."

전 통의 지시에 따라 두 사람이 그의 양편에 앉자 그가 계속해서 말했다.

"내일이나 늦어도 모레 아침에는 인선이 완료되어, 신임 내각 명단이 발표되겠지만, 두 사람은 각각 경제수석과 비서실장의 중책을 맡을 사람들이오."

여기서 말을 멈추고 잠시 사공일과 강경식을 바라본 그의 말이 이어졌다.

"내가 특별히 두 사람에게 어째서 이 두 사람을 소개시키는가 하면, 이 사람들이야말로 유능한 인물들이기 때문에, 필요한 일이 있으면 자문을 구하라는 의미에서요. 아시겠소?"

"네, 각하!"

사공일과 강경식이 대답과 함께 머리를 조아리자 흐뭇한 표정으로 전 통이 태호와 김 수석을 바라보며 말했다.

"떠나는 김 수석도 마찬가지지만, 김 사장도 두 사람의 자문에 응해주고, 특히 김 사장은 이번 일도 있고 하니 특별한 일이 있어 내게 전화한다면, 하시라도 만나줄 의향이 있으니 주저치 마시오."

"감사합니다, 각하!"

"내 할 말은 여기까지. 지금부터는 식사와 함께 코가 삐뚤어지도록 어디 한번 마셔봅시다."

전 통의 말에 김 수석의 상이 찡그려지거나 말거나 개의치 않고 그는 곧 네 사람에게 차례로 술을 따라주기 시작했다. 이렇게 시작된 만찬이 한 시간여 동안 진행되다가 끝났다.

태호가 식당을 벗어나며 김 수석에게 물었다.

"형님, 이제 무얼 하실 생각이십니까?"

"당분간은 아무 생각 없이 푹 쉬고 싶네."

"우리 그룹에 들어오는 것은 어떻습니까?"

"글쎄……."

고개를 갸웃하며 생각에 잠겼던 김 수석이 말했다.

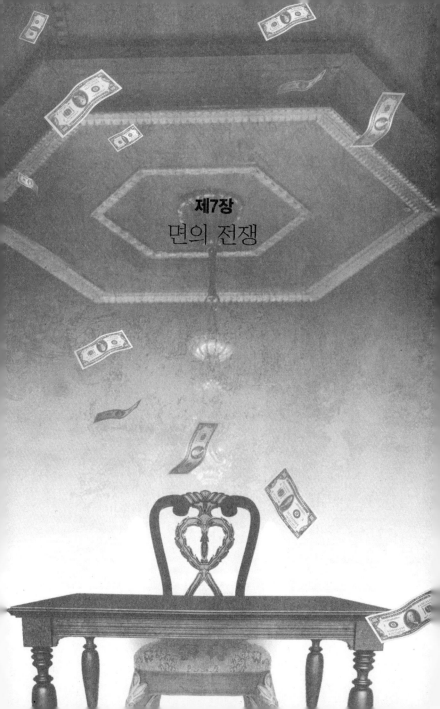

제7장
면의 전쟁

"모든 걸 떠나 당분간은 푹 쉬고 싶군."

"심신이 지쳐 있을 것은 이해가 되나, 제 제안도 좋은 쪽으로 한번 생각해 주십시오."

"물론 누구의 제안이라고 가볍게 듣겠냐만, 당분간은 쉬면서 천천히 생각해 보기로 함세."

"알겠습니다, 형님!"

곧 두 사람은 각자의 집으로 향했고 다음 날 오후에 발표된 내각 명단에서 사공일이 경제수석, 강경식이 비서실장이 되는 것으로 발표가 나고, 김재익은 야인으로 돌아갔다.

*　　　　*　　　　*

그로부터 한 주가 흘러 새롭게 일과를 시작하는 월요일 오전 10시쯤이었다. 태호가 집무실에서 결재 서류를 검토하고 있는데 노크와 함께 그의 방안으로 들어서는 한 여인이 있었다. 근래는 얼굴보기도 힘들던 서미경이었다.

미인 선발 대회를 통해 해마다 미스 삼원이 선발되어 2대, 3대가 계속 출현하니, 1대 미스 삼원이었던 그녀는 1년 후 2대 미스 삼원에게 모든 자리를 물려주었다. 그래도 삼원의 홍보 대사라는 직함으로 전의 월급은 받고 있는 상태였다.

그러나 상대적으로 그녀가 할 일은 줄어들었고, 그에 따른 그녀의 출근 빈도 수 또한 줄어들어, 근래에는 그녀의 얼굴 보기 힘든 것도 사실이었다. 그런 그녀가 나타났으니 의외라 태호가 놀란 얼굴로 말했다.

"오래간만입니다."

"동감이에요."

"한데 오늘은 무슨 바람이 불어……."

"바람이 불긴 불었지요. 이번에 나 시집가요."

"네?"

그녀의 말에 놀라 반사적으로 묻긴 했지만 내심으로는 반가운 태호가 급히 물었다.

"상대가 누굽니까?"

"사장님도 알 만한 사람이죠. 천심의 장남이에요."

"하면 우리의 라면업계 경쟁 상대가 아닙니까?"

"누가 아니래요."

그녀의 확실한 답변에 태호가 쓴 입맛을 감추지 못하고 말했다.

"올해면 홍보 대사 직함도 끝나는데 내년쯤 식을 올리면 더 좋았을 텐데. 언제입니까?"

"여기 청첩장 가져왔어요."

말과 함께 그녀가 핸드백에서 흰 사각 봉투 한 장을 꺼내어 태호에게 내밀었다. 이를 받아든 태호가 내용을 읽어 보니 돌아오는 일요일 날 오전 11시 유명 호텔에서 식을 올리게 되어 있었다.

"어때요, 소감이?"

미경의 물음에 태호가 답했다.

"글쎄요. 시원섭섭하다는 말이 제 답일까요."

"흥! 그래도 마음 한구석에는 저를 담아두고 있었던 모양이네요."

"아니라면 거짓말이겠죠."

"좋아요. 오실 거죠?"

"솔직히 가기 싫습니다."

"왜요?"

"그냥."

"흥! 지금이라도 아쉬우면 잡던지."

태호의 답은 말과 함께 손을 내미는 것이었다.

"결혼을 축하드립니다!"

"흥!"

싸늘하게 콧방귀를 뀐 미경은 그대로 휙 돌아서서 태호의 집무실을 나갔다. 이를 지켜보던 이 양이 다가와 말했다.

"많이 아쉽겠네요."

화가 난 태호가 버럭 소리를 질렀다.

"너는 시집도 안가냐?"

"저도 곧 가요."

"언제?"

"11월 초예요."

"잘됐네."

"아쉽지 않으세요?"

"하……!"

기가 막히다는 표정으로 태호가 입을 다물지 못하자 그녀가 자신의 자리로 돌아가며 말했다.

"아니면 말고."

"너 뭘 믿고 그렇게 까부냐?"

"믿는 거 없어요. 오직 나 자신만 믿을 뿐이지."

무엇 때문임을 잘 알고 있는 태호가 한마디로 일축하고 말했다.

"됐고. 커피나 한잔 타와."

"쳇!"

엉덩이를 살랑살랑 흔들며 커피를 타러 가는 그녀를 보고 있는 태호로서는 여전히 기가 막히다는 표정을 짓고 있었다.

그러던 그가 급한 표정으로 말했다.

"이럴 때가 아니지. 이 양, 커피 타지 마."

말과 함께 태호는 자신의 집무실을 벗어나 회장실로 향했다.

그곳에서 태호는 이 회장에게 말하고 비빔면 광고를 서둘러 다시 찍게 했다. 즉, 지금까지 서미경이 찍은 비빔면 광고가 계속 나가고 있었으므로, 이를 2대 미스 삼원인 손현주 양으로 대체시키도록 한 것이다.

경쟁 업체의 며느리로 들어간 사람을 계속해서 광고에 내보낸다는 것은 말도 안 되기 때문이었다.

*   *   *

정말 서미경은 10월 23일 천심의 장남과 성대한 결혼식을 올렸다. 태호는 자신의 말대로 결혼식 장소에 가지 않았다.

이렇게 세월이 흘러 11월 하순이 되자 태호는 김재익이 어느 정도는 재충전했으리라는 생각에 저녁 식사에 초대했다.

그리고 여전히 꺼리는 그를 억지로 그룹의 고문 자리에 앉혀놓고 자문에 응하게 했다. 그 일이 있고 난 다음 날이었다. 전경련 모임에 참석하고 돌아온 이 회장이 어두운 얼굴로 태호를 자신의 집무실로 불러들였다.

"여 앉아봐."

"네."

태호가 그의 맞은편 소파에 앉자마자 그가 말했다.

"12월 1일 자로 일해재단을 설립한다면서 성금을 강제 배정하더군. 명목상으로는 아웅산 테러사건에 희생된 유가족에 대한 보상과 자녀들의 장학금 마련 등 제법 그럴듯해. 하지만 그 용도로만 쓰기에는 배정된 금액이 너무 커, 해마다 100억씩을 3년에 걸쳐 모으기로 하고, 현대그룹 및 삼성그룹은 15억 원, 럭키금성그룹 등은 12억 원을 내기로 하고, 우리 그룹에는 5억원이 배정되었어."

"제가 누누이 말씀드렸듯이 배정된 금액의 배로 내십시오."

"하면 10억을 내란 말인가?"

"네."

"이것도 자네 말대로 콩고물이라도 떨어지길 바라며 이 정권에 잘 보이자는 짓이겠지?"

"그렇습니다."

"자네 말 들어 잘못된 일이 하나도 없고 모두 이득을 취했으니, 이번에도 자네 말대로 함세."

"그렇게 하십시오."

여기서 잠시 말을 멈췄던 태호가 계속해서 말했다.

"어제부로 전 경제수석 김재익을 우리그룹 고문에 위촉시키는 데 성공했습니다."

"잘했군. 다른 직책은 사양하던가?"

"네, 당분간은 좀 더 쉬고 싶답니다."

"내가 봐도 유능한 인재이니 자네가 잘 섭외해 꼭 우리 그룹의 한 자리를 맡을 수 있도록 해주시게."

"알겠습니다, 회장님!"

이렇게 한 해가 저무는가 싶더니 해가 바뀐 84년 2월 20일자 신문 기사가 난 지 얼마 안 되어, 삼원그룹은 물론 30대 재벌기업 집단 전체가 또 돈 뜯길 일이 생겼다.

'病苦(병고)에 시드는 새싹들의 밝은 未來(미래)를 위해 새 세대 心臟財團(심장재단) 발족'이라는 제목하에 그 기사 내용은 다음과 같았다.

〈대통령 영부인 이순자 여사를 이사장으로 해서 심장 전문

의와 여성단체 인사들이 참여해서 설립한 새 세대 심장재단은 20일 상오 10시 30분 서울 세종문화회관 대회의실에서 1백 40여 명의 사회 각계 인사가 참석한 가운데 성대한 발족식을 가졌다>

아무튼 이 재단에도 삼원그룹은 10억 원을 쾌척(?)했다.

* * *

어느덧 2월도 지나 3월이 되자 동절기에 중단됐던 백화점과 호텔 공사가 재개된 후 빠른 준공을 위해 태호는 오늘도 오전에 그 현장을 찾았다. 그가 구내식당에서 점심 식사를 마치고 자신의 집무실로 돌아오니 뜻밖의 손님(?)이 와 있었다.

김재익 전 경제수석이었다. 이에 그를 보고 태호가 물었다.

"점심 식사는 하셨습니까?"

"응. 구내식당에서 먹었네."

그의 대답에 태호는 이 양이 시집가고 나서 새로 온 타이피스트 겸 비서 조 양을 향해 차를 부탁하고 그와 마주 앉았다. 태호가 입을 열었다.

"요즈음 목하 고민 중인 것이 있습니다."

"뭔데 그러나?"

"혹시 다이나택(DynaTAC)이라고 들어보셨습니까?"

"모르겠는데."

"모토로라에서 작년에 개발한 세계 최초의 상용 이동통신 단말기입니다. 즉, 지금은 비록 벽돌 크기로 매우 무거워 어깨에라도 메고 다니며 통화할 수 있는 세계 유일의 제품입니다."

"그래서?"

"이 휴대폰과 인터넷사업을 그룹 주력 업종으로 키우고 싶은데, 이 분야의 수장 자리를 맡길 만한 마땅한 인물이 없습니다."

"그래서 나 보고 맡아달라는 말인가?"

"네, 형님! 제가 볼 때 형님이 적격입니다. 형님의 모교인 스탠퍼드 대학이 앞으로 이 분야 등 여러 분야의 연구 산실이 될 텐데, 연구원을 모집하기도 다른 사람보다 수월할 것 같고요."

참고로 김재익은 1960년 서울대학교 문리과대학을 졸업하고 1962년 서울대학교 대학원을 수료한 다음, 1960년까지 미국 하와이대학 대학원에서 경제학을 전공하였다. 그리고 다시 미국 스탠퍼드대 대학원에 입학하여 1973년 경제학 박사 학위를 취득하였다.

"흐흠……!"

고민하는 그가 미처 답을 하기도 전에 태호가 말했다.

"미래는 정보통신사업을 누가 장악하느냐에 따라 재계의 판도가 확연히 달라질 것입니다. 따라서 저는 정보통신사업을 삼원의 제일 주력 업종으로 키울 생각입니다. 삼성이 반도체를 시작했다면, 우리 그룹은 제일 먼저 휴대폰 및 아르파네트(ARPANET) 내지는 인터네팅(Internetting: 인터넷)사업에 뛰어드는 것이죠."

"휴대폰은 또 뭐고, 인터네팅은 또 뭔가?"

김재익마저도 이에 대한 개념이 없으므로 태호는 휴대폰과 인터넷에 대해 한동안 장황하게 설명을 해야 했다. 그러자 설명을 듣고 난 김 고문이 말했다.

"그 정도라면 인물이 없을 수밖에 없겠군."

"그러니 형님이 맡아주십시오."

"회장님의 승낙은 받은 사안인가?"

"전부터 누누이 이 분야에 진출해야 된다고 말씀은 드려놨습니다만, 아직 허락을 득한 상태는 아닙니다. 제가 볼 때는 지금이 적기일 것 같습니다. 따라서 회장님의 승낙도 곧 받아야죠."

"회장님의 승낙이나 받고 나서 이야기하세."

"그럼 맡아주시는 거죠?"

태호가 기쁜 표정으로 달려듦에도 불구하고 김 고문은 담담한 표정으로 답했다.

"일단 승낙이나 받고 와."

"알겠습니다, 형님!"

태호가 기쁜 얼굴로 답하는데 노크와 동시에 급히 사무실 안으로 뛰어드는 인물이 있었다. 정보부장 정태화였다.

"큰일 났습니다. 사장님!"

"무슨 일인데 그래요?"

"참깨 쇠고기라면에서 벌레가 나왔답니다."

"무슨 말도 안 되는 소리. 현장을 얼마나 청결히 철저히 관리하는데 그런 일이 발생한단 말이오?"

"그야 저도 모르겠습니다만, 그룹 민원실로 그런 제보가 들어왔는데 담당자가 이를 소홀히 처리하는 바람에, 바로 언론에 연락해 오늘 석간신문마다 이 사실이 보도되었습니다, 사장님!"

"그럼 큰일 아니오? 당장 어떻게 된 일인지 경위를 파악하고, 벌레가 나왔다는 소비자에 대해서도 상세한 조사를 해주세요. 그러고 빨리 손을 써서 이 내용이 조간이나 방송에 보도되는 일이 없도록 어서 손을 쓰시오. 아니지. 방송과 신문에 대해서는 내가 손을 쓸 테니, 소비자와 합의를 보든지 어쩌든지 그 사람의 입부터 막으시오."

"네, 사장님!"

곧 정태화가 달려 나가자 태호는 심각한 안색으로 잠시 앉아 있었다. 그런 그를 보고 김 고문이 물었다.

"내가 도울 일이 없나?"

"문공부 장관이라든가 정부에 손을 써주십시오."

"알겠네."

김 고문이 자리에서 일어나는 것을 보며 태호는 막연한 표정을 지었다.

그간 태호와 잘 알고 지내던 허무도도 지난번 10.14 개각에서 정무장관에서 물러나는 바람에 정부 부처는 자신이 손 쓸 수 없다 판단하고, 각 방송사 사장은 물론 조간신문 사장이나 편집국장을 만나기 위해 부지런히 뛰어야 했다.

돈이야 얼마가 들든 방송이나 기사부터 막기로 한 것이다. 아무튼 그의 노력이 빛을 발했던지, 아니면 김 고문의 안면이 빛을 발했는지 몰라도 다행히 이 사건이 더욱 확대되지는 않았다.

그로부터 사흘 후.

이 사건이 점차 세인의 기억 속에 멀어지는데 아침부터 찾아든 정보부장 정태화가 이상한 내용을 보고했다.

"신고한 여자의 신분을 조사해 보니 전직 천심라면 직원의 부인이었습니다."

"하면 천심의 농간일 수도 있단 말이오?"

"그럴 개연성도 배제할 수 없어 더욱 내밀한 조사를 하는 중입니다."

"좋소! 확실한 증거를 찾아주시오. 하면 내 반드시 천 배, 만 배 보복을 해줄 테니."

"네, 사장님!"

"그런 것이라면 괜히 라면 공장 공장장 이하 닦달을 한 건 아닌지 모르겠소."

"덕분에 더 청결한 환경에서 믿고 먹을 수 있는 라면을 만든다면 소비자에게도 좋은 일이죠."

"그렇게 생각해야겠죠? 자, 확실한 조사를 부탁드립니다."

"네, 사장님!"

곧 그가 물러가자 혼자 남아 생각하는 태호의 머릿속에는 온갖 상념들이 떠올랐다 사라지기를 반복하고 있었다.

정태화가 이 사건을 보고하던 날 태호는 조간신문 편집국 장들을 만나 가판에 실린 기사를 빼려고 최소 6개월에서 1년의 자사 광고를 실어주기로 했다. 방송도 마찬가지였다. 신규 광고 각각 1편씩 1년 동안 내보내는 조건으로 입을 막을 수 있었던 것이다.

태호의 머릿속에는 이런 생각 외에도 천심을 떠올리자 그집 며느리가 된 서미경도 자연스럽게 떠올랐다. 그녀의 비릿한 냉소와 함께.

"설마 아니겠지?"

머리를 흔들며 혼자 중얼거리던 태호가 또다시 중얼거렸다.

"정말 그렇다면 철저하게 복수를 해주지."

어금니까지 지그시 물며 각오를 다지던 태호는 경황이 없어 김재익을 정보통신사업의 수장에 임명해 달라는 청도 하지 않았다는 생각에 바로 회장실로 향했다.

회장실로 들어와 태호가 인사를 하자 이 회장이 말했다.

"수고했어. 불행 중 다행이야."

그의 말에 태호는 천심의 가족이 개입되었다는 말을 하려다 더 정확한 내용이 나오면 보고하기로 하고 정보통신 건에 대해 입을 뗐었다.

"제가 누차 말씀드린 대로 정보통신사업에 진출해야만 재계의 경쟁에서 뒤지지 않을 것입니다. 얼마 전 기사에서 정부에서도 한국이동통신을 설립한다고 하지 않았습니까? 곧 이것이 카폰사업의 시작일 것이고, 종당에는 휴대폰으로 발전할 것입니다. 그래서 저는 지금이 이 사업에 진출할 적기라 보고, 이 사업에 뛰어들고 싶습니다."

태호의 설명 중 이 회장의 귀에는 '휴대폰'이라는 단어가 강렬하게 꽂혔는지 그에 대해 물었다.

"휴대폰은 무엇이고, 그 사업이란 또 뭔가?"

"휴대폰이라는 것은 각 개인이 손에 들고 다니며 어느 곳에서든 통화할 수 있는 개인 전화기라고 보시면 되고, 휴대폰사업은 그것을 제조에서부터 시작하여 궁극에는 요금을 받을 수 있는 통신사업에 진출하는 것을 말하는 거죠."

전혀 개념이 없는 이 회장을 향해 자세한 설명을 하던 태호가 덧붙였다.

"미국에서는 지금 다이나텍이라고 벽돌 크기만 한 제품이

나와 재력가들의 자랑거리로 여겨져, 벌써부터 그 수요가 만만치 않습니다, 회장님!"

"세상이 무섭게 돌아가고 있군. 그러니 늙은이들은 이제 뒷방늙은이로 전락하여, 멀거니 구경만 하는 세태가 오지 않을까 겁이 나네."

"앞으로 이십 년은 천지가 개벽할 정도의 빠르고 많은 변화가 생길 것이나, 사업의 근본이야 변하겠습니까? 전략적 선택을 하여 우리가 잘할 수 있는 곳에 집중하되, 크게 무리하지 않는 것이 가장 이상적일 것입니다."

"허허, 자네의 말을 듣는 것만으로도 뭔가 팽팽 돌아가고 있는 느낌이야. 그래, 어떤 방법으로 이 분야에 진출하겠단 말인가?"

"우선은 미국과 국내에 정보통신 종합연구소를 설립하여 이 분야의 선진 기술을 축적하고, 전자산업에 대한 기초 제조 기술도 있어야 하니, 적당한 사업 하나를 찾아보려 합니다."

"하면 이 분야도 자네가 맡아야 하지 않겠는가?"

"아닙니다. 김재익 전 경제수석이 맡아줄 것을 내락했습니다."

"그래? 그도 이 분야에 밝은가?"

"밝다기보다는 경제 전반에 대해 해박한 지식을 갖고 있는데다, 실리콘밸리 내 연구소를 꾸리는 데도 그의 미국 내 인맥과 모교가 큰 역할을 할 것이고, 정부에 로비를 하는 데도 유리한 점이 많을 것입니다."

"그럴 수 있겠군."

중얼거리듯 답한 그가 흔쾌한 표정으로 말했다.

"좋아! 그를 사장에 임명하고 바로 시작하는 것으로 하지."

"고맙습니다, 회장님!"

"허허, 고맙다니, 이 사람아! 다 그룹을 위한 일인데. 나는 자네가 더 고맙네. 어찌 됐든 작년에 현대전자나 삼성, 럭키금성 등이 실리콘밸리에 진출한다는 소식을 들었을 때만 해도, 뭐 하는데 그 먼 곳까지 가나 생각했더니, 다 생각이 있었군. 그러고 보면 우리가 아주 빠른 것도 아닌데?"

"그렇습니다. 그들도 나름 인재가 있을 것이니 미래 먹거리산업을 준비하는 차원에서 대비하는 것이겠죠. 그래도 정확한 목표 설정부터 시작해 우리 그룹이 선두에 설 자신이 있습니다."

"하하하! 그 패기가 좋군. 역시 젊음이란 좋은 거야."

이것으로 중요한 대화가 끝나 태호는 곧 그 자리를 물러나왔다. 그리고 자신의 방으로 돌아오자마자 태호는 오늘은 출근하지 않은 김재익 고문에게 전화를 걸었다. 그러나 그는 집에 없고 부인이 받는 바람에 '전화 왔었다'는 말만 전해달라 하고 전화를 끊었다.

그리고 태호가 그를 만난 것은 다음 날 오전 업무가 막 시작했을 때였다. 그가 바로 태호의 방으로 출근을 한 것이다. 그런 그를 소파에 앉힌 태호는 조 양에게 차를 주문하고 그의 맞은편에 앉으며 말했다.

"어제 정식으로 사장님께 승낙을 받았습니다."

"정보통신사업 진출 건 말인가?"

"네. 형님이 고문에서 삼원정보통신 사장이 되는 것이죠."

"허허, 미처 마음의 준비도 못했는데 빠르기도 하군."

"제 생각에는 국내는 물론 미국 실리콘 밸리 내에도 연구소를 설립해 우수 연구 인력을 수시로 모집하고, 실리콘 밸리 내 유명 대학의 학부생은 물론 대학원생들에게도 장학금을 주어 입도선매하는 방식을 취하는 게 좋겠습니다. 또 국내외 적당한 매물을 매입해 전자 제조기술도 다지는 것이 좋을 것 같은데, 사장님 생각은 어떻습니까?"

"훌륭한 생각이네. 우선은 그렇게 시작하는 것으로 하고, 상황을 봐가며 더 나은 발전 전략을 수립하는 것으로 하지."

"회장님을 뵈러 갈까요?"

"그러세. 그나저나 차나 마시고 가자고."

"네."

둘은 이야기를 나누느라 조 양이 나온 차도 미처 마시지 못한 상태였다. 아무튼 둘은 차를 마시자마자 자리에서 일어나 회장실로 갔다.

그리고 이 회장과 함께 전자통신사업에 대한 보다 구체적인 이야기를 나누고, 김재익이 정식으로 임명되는 절차도 밟았다.

＊　　　　＊　　　　＊

법무 팀에서는 미국 내 법인 설립을 준비하고, 조간신문에
는 정보통신 분야의 경력 신입 사원 모집 광고가 연일 지상을
도배하고 있는 가운데 일주일이 흐른 금요일 아침이었다.

아침부터 정보부장 정태화가 심각한 안색으로 태호의 집무
실을 찾아들었다. 이를 보고 태호가 물었다.

"표정이 왜 그래요?"

"이건 완전히 음모였습니다."

"그래요?"

그의 한마디에 표정이 일변한 태호가 다급한 표정으로 그
에게 자리를 권하며 물었다.

"천심에서 꾸민 일입니까?"

"네."

간단하게 답한 정태화가 구체적인 이야기를 하기 시작했다.

"전직 직원이었다는 데 수상함을 느낀 우리는 그 부인과 남
편을 적극적으로 회유했습니다. 현찰 5백만 원을 주고 원하면
1년 후에 우리 회사의 직원으로 근무할 수 있게 해준다는 말
로 회유를 시도했습니다. 그러나 좀처럼 입을 열지 않던 부부
가 끝내 1천만 원을 준다는 말에는 기어코 사건의 전말을 털

어놓았습니다."

여기서 일단 말을 끊은 정태화는 조 양이 내온 차로 목을 축이고 다시 사건 전말을 고하기 시작했다.

"전직 개발 과장이었던 남편은 우리 회사가 하루가 다르게 약진해 50% 이상의 시장 점유율을 보이자, 그간 뭘 했느냐며 해고 위기에 몰린 상태에서 솔깃한 제안을 받았다고 합니다. 즉, 삼원라면에서 파리가 나온 걸로 하여 신문과 방송에 나올 수 있도록 해준다면, 1년 후 복직은 물론 5백만 원의 명예퇴직 자금을 별도로 지급해 준다는 제안이었답니다."

"그랬으니 우리 본사 직원들이 아무리 잘 대처했더라도 결국은 방송이나 신문에 제보를 했겠군."

"그렇습니다. 하여튼 이런 상황이니 뭔가 대대적인 조치를 취해야 하지 않겠습니까?"

"그 사람을 전면에 내세워 언론의 정정 보도라든가……."

"그 일에 대해서는 나에게 맡겨줘요. 다 생각이 있으니까."

"알겠습니다. 사장님!"

"혹시 그 일을 누가 맨 처음 계획했는지는 파악되었습니까?"

"그것까지는 절대 입을 열지 않았습니다."

"최소한의 양심은 있다는 거야, 뭐야?"

"그럴지도 모르고, 돈에 팔려 입을 열었지만 앞으로 무슨 일이 벌어질지 모르니 두렵기도 했겠지요."

"좋습니다. 기왕 일이 이렇게 되었으니 앞으로 이렇게 합시다."

이 대목에서 말을 끝낸 태호는 조 양마저 자신의 방에서 내보내고 그에게 5분에 걸쳐 비밀 지시를 내렸다. 한마디로 당한 것에 대한 보복 차원으로 공작을 하자는 내용이었다.

그것도 발단이 된 천심은 물론 우리나라 라면의 원조 업체인 삼영까지도 일거에 주저앉을 수 있게끔, 철저히.

그로부터 3주가 흐른 4월 초순.

정보부장 정태화로부터 양사 모두 공작에 성공했다는 말에 대소를 터뜨리며 즐거워하던 태호가 그에게 포상조로 당근책을 제시했다.

"이제는 해외로도 정보망을 넓혀야 할 것 같은데 마땅한 인재들이 있습니까?"

"애초부터 해외 정보 근무 요원도 상당수 있었습니다."

"기존 우리 직원 중에서도 말이죠."

"네."

"그래도 좀 부족할 것 같으니 금번에 해외망도 더 적극적으로 구축하는 것으로 합시다. 이 일은 전적으로 부장님께 맡길테니, 알아서 사람을 모아주십시오."

"얼마만큼 더 보강을 할 계획이십니까?"

"지금의 배로 확장하고 싶습니다. 이제는 우리도 해외로 적극 진출할 때가 됐어요."

"알겠습니다. 사장님!"

곧 정태화가 물러가자 태호는 곧장 회장실로 향했다. 하필 가는 날이 장날이라고 오늘따라 이 회장은 자리에 없었다. 이에 비서실에 물어보니 호텔과 백화점 신축 현장에 가셨다는 말을 들었다.

그곳까지 갈까 하다가 태호는 생각을 달리하고 여비서에게 말했다.

"회장님의 지시라 하고 시멘트의 소 사장을 내일 아침 회의에 참석하도록 연락을 넣어주세요."

"그래도 되는 것입니까?"

"아니면 내가 사장단 회의를 소집했다 해도 좋고요."

"알겠습니다, 사장님!"

곧 그곳에서 물러난 태호는 자신의 방으로 여러 생각을 거듭했다.

이튿날.

아침부터 회장실에는 이 회장과 시멘트의 소 사장, 그리고 태호가 머리를 맞대고 있었다.

"그러니까 검찰총장을 이용하잔 말이지?"

이 회장의 물음에 태호가 시선을 소 사장에게 옮기며 물었다.

"현 검찰총장과 사장님이 사법연수원 동기로 알고 있는데 맞습니까?"

"그렇기는 하네만, 내 부탁을 들어줄지는 장담할 수 없네."

"먼 미래로 회유하는 것이 좋겠습니다. 총장직에서 물러나면 전관예우로 한동안은 좋은 시절을 보내겠지만, 2, 3년만 지나도 그렇지 못할 것입니다. 그때 우리 그룹의 법률 고문을 맡겨 예우해 주겠다고 하는 것입니다. 물론 상상할 수 없는 급료를 매달 지급한다고 해야겠지요. 그렇게 해서라도 총장이 우리 편에 서준다면, 금번에 입은 우리의 조그마한 상처는 아무것도 아니고, 앞으로는 우리가 라면 시장에서 압도적인 우위를 점할 수 있을 것입니다. 그러기 위해서는 사장님의 역할이 가장 중요합니다."

"허허, 거참……!"

내키지 않는 표정이지만 이어 떨어진 회장의 호통에는 소사장도 총대를 메지 않을 수 없었다.

"자네는 뱃심도 없나? 우리가 당했으면 그 몇백 배의 보복을 해줘야, 상대나 재계에서도 우리를 두려워해. 앞으로는 그런 저열한 공작을 하지 못할 것 아닌가? 알았어, 몰랐어?"

"알겠습니다. 제가 책임지고 시행을 하도록 하겠습니다, 회장님!"

회장의 한마디에 전의를 굳게 다진 그가 물러가고, 그로부터 사흘 후였다.

조, 석간 할 것 없이 대문짝만 하게 연일 두 업체의 만행을 기사화하고, 방송 또한 시도 때도 없이 두 라면 업체의 비도덕적 행태를 떠들어대기 시작했다.

연일 대서특필되고 전파를 탄 내용은 실제 89년 11월에 벌어진 소위 '우지파동(牛脂波動)'의 조기 가시화였다. 라면에 공업용 쇠기름을 사용한다는 익명의 투서를 받고 검찰은 적극적 수사에 나섰다.

그 결과, 지금까지 우리나라 라면 시장을 지배해 오다 얼마 전부터 삼원 라면에 밀리기 시작한 천심과 삼영 두 업체 모두, 라면의 원료로 사용하는 쇠기름을 공업용 우지에서 추출하여 사용하고 있음을 밝혀내고, 두 업체 대표를 긴급 구속하는 사건이 발생했다.

즉 '보건 범죄 단속에 대한 특별조치법'과 '식품위생법'으로 두 업체 대표를 구속 입건한 것이다. 이렇게 되자 언론은 라면을 튀기는데 '공업용 우지 사용'이라는 선정적인 용어를 사용하며, 너도나도 대서특필하고 방송 또한 하루 종일 떠들어대기 시작했다.

그러나 여기 예외가 있었으니 라면 시장에 뛰어든 지 채 1년도 안 되어 시장점유율 1위 업체에 오른 삼원만은, 팜유를 사용하고 있음이 밝혀졌고 그룹 차원에서도 진실을 알리는 등 발 빠른 대처를 했다.

그렇지만 이 사건은 먹는 문제라는 사안의 심각성이 더해져

쉽게 가라앉지 않았다. 근 일주일간이나 이 소식이 빅뉴스에 오르자 정부는 국립보건원에서의 검사를 통해 유해(有害) 여부를 검사해 10일내 발표하기로 했다.

또한 이 검사 과정에 업계는 물론 소비자 단체 및 검찰 입회하에 진행하여 한 점 의혹 없이 진실을 구명할 것을 진 총리 주재 관계 장관 회의에서 밝혔다. 그리고 8일 만에 보사부 장관이 무해 판정을 내렸으나, 모든 소비자들은 이미 두 업체에서 등을 돌린 뒤였다.

이 사건 전까지 삼원 48%, 천심 삼영 공히 26%의 시장점유율을 보였던 것이, 이 사건 후에는 삼원은 84%, 두 업체 공히 8%로 급전직하했다. 이에 따라 두 업체는 1천 명 이상을 감원하고 3개월간 공장 문을 닫기로 했다.

그러나 이 사건은 엄밀히 말해 두 업체에 잘못이 전혀 없었다. 보사부장관이 무해 판결을 내린 것도 있지만, 그 전에도 무해하다는 판정 속에 계속 공업용 우지에서 기름을 추출해 사용해 오고 있었고, 그때만 해도 아무 문제가 없었기 때문이다.

어찌 되었든 그전까지는 한 곳에서만 이를 사용해 왔고, 천심은 얼마 전부터 이를 사용해 오고 있었다. 즉, 천심도 팜유를 사용해 왔으나 삼원 정보 조직의 사주를 받은 전 고발자인 개발담당 과장의 제보로 우지를 사용하게 된 것이다.

그러니까 삼원과 삼영 제품 맛의 비밀은 우지에 있었다고 사용하길 권한 것에 따른 것이, 금번에 된서리를 맞게 된 것이다. 또 하나, 공업용 우지라는 것도 알고 보면 우스운 일이었다.

공업용 우지라는 것이 무엇이냐 하면, 미국에서는 살코기만 먹기 때문에 내장이나 그 부속물 등을 외국에 전량 수출한다. 이것을 금번에 라면 업계에서 수입, 사용한 것인데, 수입할 때는 아이러니하게도 식용이 아닌 공업용으로 분류되기 때문에 금번에 더욱 문제가 된 것이다.

그것도 전까지는 유해하지 않다고 눈감아주던 것을 언론에서 벌집을 쑤셔놓은 것이다. 아무튼 이 사건은 원역사에서 당한 삼영에서 그 무고함을 입증하기 위해, 장장 7년 10개월간의 법정 투쟁을 벌여 대법원에서 최종 무죄 판결을 받아냈다.

그러나 대선 판에서 이회창 총재가 아들 병역 문제로 두 번이나 낙마하듯, 벌써 배는 항구를 떠난 뒤나 당한 자로서의 그 억울함은 필설로 형용할 수 없을 것이다.

아무튼 이 사건의 여파로 인해 삼원라면의 시장점유율이 80%를 넘어서고, 경쟁상대인 두 업체가 일시 공장 문을 닫는 지경에까지 이르자, 하루는 이 회장이 태호를 회장실로 불러들여 말했다.

"자네의 책략에 의해 우리가 당한 몇천 배의 복수를 하고 나니 십 년 체증이 내려간 듯 시원하군. 그래, 이번에는 무엇으로 보상을 해줄까?"

이에 태호가 답했다.

"언감생심 어찌 포상을 바라겠습니까? 당한 자들의 아픔을 생각한다면 절대 있을 수 없는 일이죠. 그러니 절대, 절대 사양하겠습니다. 회장님!"

태호의 거듭되는 사양에 빙그레 웃음을 지은 이 회장이 말했다.

"이 사람아, 기업의 생리가 그렇게 모진 거야. 아니면 지난번 같이 우리가 당할 수도 있다고. 그러니 모름지기 사업을 하는 자라면 수단과 방법을 가리지 말고 이기고 봐야 하는 거야. 알아들어?"

"물론 잘 알고 있기 때문에 비열한 승리를 쟁취했지만, 갈수록 사회 정의가 세워지고, 기업도 윤리 경영을 요구받게 될 것입니다. 따라서 이런 일은 이번 한 번으로 족하고, 정도 경영을 하는 것으로 방향을 정해야 합니다."

"하하하! 공자님 말씀같이 옳은 소리네만, 나는 금번에 그 모진 면을 높이 샀는데, 자꾸 발을 빼는 듯한 모습을 보이니 실망인걸."

이 회장의 말에도 태호는 전혀 동요하지 않고 말했다.

"정도 경영을 표방하지만 이번 사건과 같이 절대 당하고 살지는 않을 것입니다. 이에는 이, 눈에는 눈. 만약 우리 그룹에 해를 끼치는 자나 기업이 있다면, 반드시 그 수천 배의 보복을

감행해, 감히 우리 그룹에 대해 불순한 마음을 품지 못하도록
하겠습니다."

"하하하! 좋았어! 그런 정신이면 돼. 악업을 많이 쌓는 것도
결코 좋지 않은 일이니까. 하여튼 또 포상은 사양한다고?"

"네, 회장님!"

"알았네. 내 추후 감안하는 것으로 하지."

"감사합니다, 회장님!"

이때 인터폰이 울렸다. 이에 태호가 자리에서 일어나며 이
회장에게 물었다.

"제가 받을까요?"

"아니야. 내가 받지."

곧 자리에서 일어난 이 회장이 통화를 시작했다. 그리고 채
3분도 안 되어 잠깐 기다리라더니 송화기 쪽을 막고 태호에게
물었다.

"정보통신 김 사장인데, 인텔에서 반도체 칩을 제조할 의사
가 없느냐고 묻는다는데?"

내심 깜짝 놀란 태호였지만 침착하게 대답했다.

"천문학적 돈이 투자되는 사업이므로 금방 결정할 사안이
아닙니다. 한 달만 말미를 달라고 하십시오."

"그래. 일단 그렇게 대답하기로 하지."

그렇게 말한 이 회장이 태호가 말한 대로 한 달의 말미를

달라는 말로 전화를 끊었다. 그리고 자리에 돌아와 태호에게 물었다.

"반도체사업을 하려면 천문학적 돈이 투자된다고?"

"그렇습니다. 그리고 몇몇 강자만이 살아남는 분야이므로 섣불리 달려들었다가는 그룹이 통째로 날아갈 수 있는 위험천만한 사업입니다."

"흐흠……! 그럼, 접어야겠군."

"그렇지만 성공한다면 한국이 아닌 일약 세계적 대기업 반열에 오를 수도 있는 천금의 기회이기도 하죠."

"그래서 날 보고 어쩌라고."

"면밀한 검토가 필요하니 김 사장에게 말한 대로 약 한 달의 말미를 주십시오."

"알겠네."

"여기서 김 사장과의 통화는 가능합니까?"

"언제든 이쪽에서 연락할 수 있게 해놓으라 했으니 연락은 가능하겠지."

"알겠습니다, 회장님!"

말이 끝나마자 태호가 일어나려고 엉덩이를 드는데, 이를 손을 들어 만류한 이 회장이 물었다.

"이제 호텔과 백화점 모두 마무리 공사를 진행하는데 언제 준공이 되겠나? 곧 식도 올려야 하지 않겠어?"

"최소 보름 내에는 끝날 것이나, 공사를 마치고도 할 일이 많으니 문을 여는 것은 좀 더 시일이 필요합니다."

"그쪽에도 좀 더 관심을 가져."

"알겠습니다, 회장님!"

곧 그 자리를 물러난 태호는 자신의 방으로 향했다.

그 시간, 김재익은 인텔(Intel) 본사를 나와 자신이 머물고 있는 호텔로 향하고 있었다. 그는 한국에서 라면 파동이 일어나는 동안 미국 출장길에 올라 있었다.

그곳에서 그는 캘리포니아 산타클라라(Santa Clara)에 정보통신종합연구소를 설립하고 연구원을 모집하는 등 태호와 상의한 내용을 실천에 옮기고 있었다.

그 외 그룹에서 사용할 수백 대의 컴퓨터를 구매하고, 슈퍼컴퓨터에 대한 구매 논의를 하는 것은 물론, 컴퓨터 제조 공장을 한국에 설립하기 위해 인텔 본사를 찾아가 논의하는 일 정도 예정에 들어 있었다.

아무튼 태호가 이 회장과 라면 문제로 이야기를 나누고 있을 때, 통화에서 밝혀졌듯 김재익은 산타클라라에 있는 인텔 본사를 방문하고 있었는데, 그가 인텔을 방문해 고위 간부에 대한 면담을 요청한 시점이 아주 절묘했다.

1984년 작금, 인텔은 앤디 그로브가 CEO로 재직 중이었다. 인텔의 주력 상품은 메모리 칩과 마이크로프로세서였다. 메모리 칩이 여전히 주요 매출원이었지만, 인텔의 메모리 시장 경쟁력은 이미 1980년대 초반부터 일본의 경쟁 업체들로부터 위협받고 있었다.

인텔 고객들의 입에서도 일본 메모리 제품의 품질을 극찬하는 말이 나오기 시작했다. 일본 기업들의 메모리 시장 점유율이 10년 사이에 30퍼센트에서 60퍼센트로 급격히 증가하자 인텔 내부에서는 일본 경쟁 업체에 어떻게 대응할 것인가를 놓고 격렬한 논쟁이 벌어졌다.

한 진영은 대규모의 메모리 칩 공장을 새로 지어 제조 부문에서 일본을 앞서가자고 제안했고, 다른 진영은 일본이 따라잡을 수 없게 최신 기술 개발에 투자를 늘려야 한다고 주장했다. 또 다른 진영은 신제품 시장, 즉 마이크로프로세서 시장에 대한 점유 전략을 강화해야 한다고 주장했다

뾰족한 해결책 없이 논쟁만 지속되는 가운데 인텔의 매출액은 점점 줄어들었다. 마이크로프로세서 부문은 성장하고 있었지만, 메모리 부문의 실적 저하로 회사 전체의 이윤은 감소하고 있었다.

성과 없는 토론이 수개월이나 더 이어지던 이날, 그로브는 그의 사무실에서 당시 회장 겸 CEO인 고든 무어와 메모리 부문에 대해 논의하고 있었다. 둘 다 회사 내부의 논쟁으로 지칠 대로 지친 상태였지만, 이날 또한 뚜렷한 해결책은 나오지

않고 있었다.

바로 그때 그로브에게 문득 다음과 같은 생각이 떠올라 즉석에서 고든 무어에게 질문을 던졌다.

"만약 우리가 회사에서 쫓겨난 후, 이사회에서 새로운 CEO를 영입한다면 그 CEO는 어떤 조치를 취할까요?"

"우리의 메모리사업을 접겠지요."

"그렇다면 회장님과 제가 회사를 나갔다가 다시 돌아온 셈 치고, 직접 메모리사업을 접지 못할 이유가 무엇입니까?"

모든 것이 명백해지는 순간이었다. 인텔의 역사적인 유산이나 정치적 내분에서 완벽히 자유로운 제3자의 시각으로 바라보자 해결책이 명확히 보였다. 인텔은 메모리 부분을 접기로 결정한 것이다.

그런 순간에 동방의 이방인이 나타나 컴퓨터 제조 하청문제를 논의하니, 반도체 칩을 인건비가 저렴한 한국에서 생산해 세계시장에 내놓으면 어떨까 하는 생각을 하게 되었다. 결국 둘은 즉석 논의를 거쳐 김재익에게 제안을 하게 된 것이다.

더 정확히는 훗날 김재익에게 들은 이야기지만 이런 표현이었다.

'컴퓨터 제조만 생각하고 반도체 칩 생산은 검토해 보지 않았습니까?'

거의 비슷한 말이지만, 말이라는 것은 해석하기에 따라 '아'

다르고 '어' 다른 것이다.

컴퓨터 제조에 대한 가타부타 답 없이 이런 말을 들은 김재익의 전화로 삼원그룹이 내부 검토에 들어갔듯, 인텔 또한 인텔 나름대로 삼원그룹에 대한 자세한 내사에 들어갈 것은 불문가지였다.

이런 속에서 태호는 자신의 방으로 들어오자마자 기획실 간부들을 소집해, 반도체 진출에 대한 정밀한 검토를 시작해, 15일 내로 답을 달라는 지시를 내렸다.

그런 직후 태호는 사무실을 나왔다. 이 회장의 말도 있고 해서 호텔과 백화점의 공사 현장을 살펴보기 위함이었다. 곧 운전대를 잡고 강남의 현장으로 가면서도 태호는 내내 반도체 생각뿐이었다.

그런 그의 머리에 두 사람의 이름이 불현듯 떠올랐다. 이에 태호는 자신도 모르게 한 손으로 주머니를 뒤적거리다 이내 가벼운 한숨과 함께 포기하고 말았다.

회귀한 지가 언제인데 지금도 가끔 전생의 기억 때문에 이상한 행동을 한다. 즉, 지금도 두 사람의 이름이 떠오르자 정보부장에게 그 사람들의 소재 파악을 지시하기 위해 휴대폰을 찾고 있었던 것이다.

아무튼 태호는 30분을 달려 호텔 신축 현장에 도착했다. 곧 태호가 차에서 내리니 머지않은 곳에서 마무리 조경 공사가 진행되고 있었다. 이에 태호가 그곳으로 가까이 가는데 그를 발견하고 부르는 사람이 있었다.

"사장님!"

건설 부사장 문창수였다. 또 그의 옆에 있던 효주도 함께 태호 곁으로 걸어왔다. 서로의 간격이 가까워지자 효주가 먼저 고개 숙여 인사했다.

"오셨어요?"

"아, 네! 아주 현장에서 사는군요."

"미비한 점이 많아서."

"어떤 면이 그렇습니까?"

"신라호텔 등을 돌아보니 참으로 고객의 편의를 위해 세세한 곳까지 많은 신경을 썼더군요. 일례를 들면 우산을 프런트 내에 갖추어두고, 갑작스러운 비에 고객에게 우산을 즉시 내줄 수 있게 한 것이나, 거동이 불편한 노인들을 위해 지팡이를 준비해 둔 것. 허리를 숙이지 않아도 구두를 신을 수 있는 긴 구두칼 등 상당히 치밀한 면이 많았어요."

"그랬군요."

답한 태호가 이번에는 문 부사장에게 시선을 옮기며 물었다.

"다 끝나가죠?"

"이 조경 공사만 마치면 모든 공사가 끝납니다. 이제 내부 청소하고 필요한 집기만 들이면 됩니다."

"백화점은요?"

"그곳도 상황은 마찬가지입니다. 현재 마무리 조경 공사 중이니, 이후의 상황은 똑같습니다."

"알겠습니다. 자, 한 바퀴 돌아볼까요?"

"네, 사장님!"

태호가 건물 쪽으로 발걸음을 떼자 문창수와 효주가 그의 뒤를 따랐다. 그러자 태호가 잠시 걸음을 멈추고 문창수에게 말했다.

"앞장서세요."

"네, 모시겠습니다."

태호는 효주와 대화를 나누기 위해 그를 앞장세웠다. 그러나 그는 다른 의미로 받아들였다. 어쨌거나 태호는 문창수를 앞장세우고 점차 거리를 벌리더니 효주에게 물었다.

"오픈이 멀지 않았는데 약속은 변함없는 거죠?"

"네. 2주 후면 모든 공사가 완전히 끝날 것 같아요. 그러니 음… 그 주의 돌아오는 일요일인 20일날 하기로 해요."

말을 하며 살포시 얼굴을 붉히는 그녀를 보니 아직도 순진한 구석이 많이 남은 그녀가 사업을 잘 꾸려갈까 걱정이 되었다.

5월 20일. 확실한 결혼 날짜도 잡아 신명이 오른 태호의 발걸음이 빨라져 끝내는 문창수를 앞질러 현장을 살펴보기 시작했다.

이를 뒤에서 바라보는 효주의 입가에도 엷은 미소가 맺혀 있었다.

*   *   *

두 시간가량 현장을 돌아보고 효주와 함께 구내식당에서 밥을 먹은 태호는 곧장 사무실로 향했다. 태호가 엘리베이터에서 내려 사무실로 가다 보니 복도에서 자판기 커피를 뽑아 마시고 있는 정보부장 정태화가 보였다.

이에 그쪽으로 접근한 태호가 말했다.

"다 드시면 제 방으로 좀 오세요."

"커피 한잔 안 하십니까?"

"나도 한잔할까?"

말을 하며 태호가 동전을 찾기 위해 바지 주머니에 손을 넣는 순간, '여기 있습니다'라는 말과 함께 정태화가 재빨리 자판기에 동전을 넣었다.

"고맙습니다."

한마디 인사와 함께 밀크 커피를 누른 태호는 이내 커피를 뽑아 들고 자신의 방으로 향했다. 그러자 단숨에 뜨거운 커피를 비운 정태화도 그의 뒤를 따랐다. 곧 자신의 방으로 돌아온 태호가 소파에 앉자 정태화도 그의 맞은편에 앉았다.

"새로 뽑은 사람들은 어떻습니까?"

태호는 얼마 전 이 회장의 승낙을 받아 해외 정보 요원 100명을 기획실 소속으로 뽑아 세계 곳곳에 배치한 바 있었다. 그중 미국에 30명, 일본에 20명을 집중 배치해 운영 중에 있었다.

"아직 자리를 잡는 중이라 중요한 정보를 획득한 것은 없지만 노력만은 확실한 것으로 파악하고 있습니다."

"좋아요. 첫 술가락에 배부를 순 없겠죠. 아무튼 제가 부장님을 뵙자고 한 것은 다름 아닌 두 사람을 찾아달라는 부탁을 하기 위해서입니다."

"누구……?"

"두 사람 모두 내가 알기로 현재 미국에 있을 겁니다. 황창규와 진대제라는 사람으로 두 사람 모두 뛰어난 공학도이니 이 분야에 종사하거나 아직 배움의 길에 있을지 모르겠습니다. 찾을 수 있겠죠?"

"한국에 살다 유학이 되었든 뭐가 되었든 미국으로 간 사람은 조회하면 쉽게 소재 파악을 할 수 있습니다. 찾으면 어떻게 할까요?"

"우리 그룹도 반도체 업종에 진출하려고 하는데, 창업 공신이 될 의향이 있는지 물어봐 주세요."

"우리 그룹도 반도체에 진출합니까?"

'창업 공신' 운운보다 그룹의 반도체 진출 여부가 더 궁금했던지 정태화는 그것부터 물었다.

"아직 검토 단계입니다만, 둘이 합류하느냐 않느냐가 관건이 될 것이기 때문에 급히 수배하는 것입니다. 따라서 그들의 연봉은 백지수표로 제시하고, 써 넣으라 하십시오."

"그 정도로 두 사람이 대단한 인물입니까?"

"그렇습니다. 반도체사업의 성패를 좌우할 key이니 꼭 포섭토록 부장님부터 전력을 경주해 주세요."

"알겠습니다. 여차하면 제가 미국으로 건너가는 한이 있더라도 꼭 모시도록 하겠습니다."

"당분간은 비밀이니 그런 줄 알고 가급적 빠른 시일 내에 결과를 알려주세요."

"네, 사장님!"

"제 말은 여기까지입니다."

축객령임을 안 정태화가 엉덩이를 드는데 식사를 마친 조양이 들어섰다. 그녀를 본 태호가 정태화에게 물었다.

"차 한잔 더 하시겠습니까?"

"네, 주시면 감사히 마시겠습니다."

"조 양, 커피 두 잔 부탁해요."

"네, 사장님!"

상냥하게 답하고 커피를 타러 가는 조윤아라는 아가씨를

태호는 새삼스러운 눈으로 바라보고 있었다.

그녀는 금년에 입사한 신입 사원으로 Y대 영문과를 우수한 성적으로 졸업함은 물론 비서에 뽑힐 정도로 용모 단정한 여성이었다. 거기에 또 하나의 장점은 성실하고 입이 무겁다는 것이었다. 지금은 점심시간. 곧 휴식 시간이므로 남녀를 떠나 다른 근무자들 같으면 대부분 사무실에 들어오지 않는다.

물론 전에 근무했던 이 양은 태호를 감시하기 위해 점심시간임에도 일찍일찍 들어왔지만, 조 양의 경우는 그렇지 않은 경우이니 그만큼 성실하다는 것이다. 아무튼 태호가 그녀를 새삼스럽게 바라보고 있자 정태화가 말문을 열었다.

"주저되는 바가 있어 지금까지 말씀을 못 드렸습니다만……."

"뭔데 그렇게 뜸을 들이세요."

"운전도 손수 하시고, 비서실 직원도 단 하나, 신변을 단출하게 꾸려 경비를 아끼려는 사장님의 마음은 압니다만, 이제는 경호에도 신경을 좀 써야 되지 않겠습니까?"

계속하라는 듯 태호가 말이 없자 그가 다시 입을 열었다.

"그래서 금번에 아주 특별한 여성 한 명을 휘하에 두었습니다. 전직 청와대 경호원 출신으로 무술 유단자인 것은 물론 영어, 중국어 등 5개 국어에 능통한 재원입니다. 한 가지 흠이 있다면 나이가 좀 많다는 것이죠. 금년 35세니까요. 그러나 아직 미혼입니다."

"그래서 어쩌라고요?"

"그녀를 비서 겸 경호원으로 측근에 두시는 것이 어떻겠습니까? 그래야만 제가 마음이 좀 놓이겠습니다만."

"여성을 수행 비서로 데리고 다니는 것은 외부에서 보기에 좀 그렇지 않습니까? 기왕이면 남성으로……."

"말을 끊어 죄송합니다만, 능력이 너무 아깝습니다. 종합 무술 12단인데다 외국어도 능통하니 해외로 사세를 넓히려는 작금에 매우 합당한 인물이 아닌가 합니다. 경호도 외국인과 소통이 될 때 그만큼 더 쉬운 것이거든요."

"흐흠……!"

태호가 생각에 잠기는데 조 양이 커피를 들고 왔다. 이를 받아든 태호가 말했다.

"정 그렇다면 면접이나 봅시다."

"감사합니다, 사장님!"

"아니, 당사자보다 부장님이 더 고마워하시니 어찌 된 일입니까?"

"사장님의 안위는 곧 우리 그룹의 안위와 직결되다 보니 저로서도 감사한 일이죠."

"하하하! 그 말, 진정 아부는 아니겠죠?"

"지금까지 사장님을 모신 사람으로서 느낀 점을 그대로 전한 것뿐입니다."

"하하하! 칭찬은 고래도 춤추게 한다더니, 이래서 예로부터 성군되기가 힘들었나 봅니다."

"아무래도 그런 면도 있겠죠. 그럼, 저는 이만……."

"네!"

그로부터 20분 후.

정태화가 한 여성을 데리고 들어왔다.

단번에 이 여자가 정 부장이 말한 여성임을 직감하고 순간적으로 태호는 위에서 아래로 훑었다. 경호원 출신이라기에 여성이라도 좀 우락부락하고 덩치가 큰 줄 알았다.

그러나 걸어오고 있는 여인은 그와 정반대의 인상이었다. 배우나 탤런트 지망생이라도 믿을 만큼 뛰어난 미모에 몸태도 장난이 아니었다. 계속 운동을 해서 그런지 확실히 들어갈 곳은 들어가고 나올 곳은 지나치리만큼 튀어나왔다.

내심 고개를 끄덕이며 그녀를 지켜보고 있는데 그녀가 태호 앞에 서자마자 꾸벅 인사하며 자신을 소개했다.

"윤정민입니다, 사장님!"

"네, 거기에 앉아요."

"감사합니다, 사장님!"

마치 군인을 보는 것처럼 꼿꼿한 자세로 그녀가 앉자 정태화도 비로소 슬그머니 그녀 옆에 앉았다.

"여성으로서 경호원이라는 직업이 쉽지만은 않았을 텐데, 특별히 이 길을 걷게 된 이유라도 있습니까?"

"원래 제 꿈은 배우였습니다만, 엄한 아버지 때문에 대학 졸업과 동시에 시집을 가야 했습니다."

분명 정 부장의 말로 시집을 안 갔다고 들은 것 같아 그를 쳐다보니 금방 그가 시선을 내렸다. 둘의 눈길로 주고받는 문답을 아는지 모르는지 윤정민의 말은 계속 이어지고 있었다.

"그런데 단 2주 만에 저는 혼인신고도 할 새 없이 그 집을 뛰쳐나오고 말았습니다. 신랑이라는 놈이 술만 처먹으면 저를 두드려 패는 상습 폭행범이었습니다. 총 2주간의 결혼 생활 중 다섯 번이나 그런 일이 있었기에, 저는 과감히 그놈에게 결별을 선언하고 집을 뛰쳐나온 것이죠."

여기서 윤정민은 가볍게 한숨을 내쉬고 자신의 말을 이어 나갔다.

"그러나 막상 집을 나오니 생계 대책이 막연했습니다. 엄한 아버지가 무서워 친정에 돌아갈 수도 없고, 그때부터 저는 패물을 팔아 연명하며 우선 무술부터 배웠습니다. 비록 여성이지만 앞으로는 더 이상 맞고 살지 않겠다고 단단히 결심한 것이죠. 그 이후 저는 계속 아르바이트를 하며 여성 경호관을 꿈꿨습니다. 그렇게 준비하길 5년만에 저는 마침내 제 꿈인 청와대 경호원이 될 수 있었습니다. 그러나 그런 생활을 5년 동안 하고 보니 매 일상이 권태롭고 무료해졌습니다. 그러자 다시 슬며시 고개를 든 것이 제 처녀 때의 꿈인 배우의 길이었습니다. 결국 여러 사람의 만류에도 불구하고 사표를 쓰고 나와 영화 세계에 발을 들여놨으나, 혹평만 받고 방황하던 중 아버지의 친구인 여기 계신 정 부장님의 권유로 이 그룹에 입사를 하게 된 것입니다."

고개를 끄덕이던 태호가 그녀에게 질문을 던졌다.

"부친이 누구인지 알 수 있겠습니까?"

"제가 답하죠. 현 국제상사 전무로 근무하고 있는 윤준오가 그 사람입니다."

"그렇군요."

이때였다. 노크와 동시에 문이 열리더니 효주가 방 안으로 들어섰다.

『재벌 닷컴』 3권에 계속…

초대형 24시 만화방

신간 100%, 샤워실, 흡연실, 수면실(침대석), 커플석, 세탁기 완비

■ 광명 광명사거리역점 ■

경기도 광명시 오리로 986 광명사거리역 6번 출구 앞 5층
02) 2625-9940 (솔목타워 5층)

■ 강북 노원역점 ■

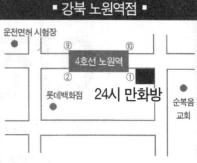

서울 노원구 상계동 340-6 노원역 1번 출구 앞 3층
02) 951-8324 (화용빌딩 3층)

■ 일산 정발산역점 ■

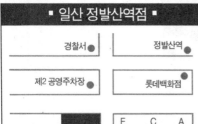

라페스타 E동 건너편 먹자골목 내 객잔건물 5층
031) 914-1957

■ 일산 화정역점 ■

경기도 고양시 덕양구 화정동 984번지 서일빌딩 7층
031) 979-4874 (서일사우나 건물 7층)

■ 부천 역곡역점 ■

역곡남부역 기업은행 건물 3층
032) 665-5525

■ 부평역점 ■

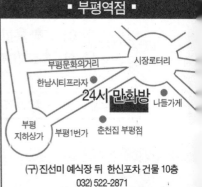

(구)진선미 예식장 뒤 한신포차 건물 10층
032) 522-2871

FUSION FANTASTIC STORY

설경구 장편소설

저니맨 김태식

한 팀에서 오래 머물지 못하고
이 팀, 저 팀을 옮겨 다니는
저니맨(Joruney man)의 대명사, 김태식!
등 떠밀리듯 팀을 옮기기도 수차례.

"이게… 나라고?"

기적과 함께 그의 인생에 찾아온 두 번째 기회!

"이제부터 내가 뛸 팀은 내 의지로 선택한다!"

더 이상의 후회는 없다!
야구 역사를 바꿔놓을
그의 새로운 야구 인생이 펼쳐진다!

Book Publishing CHUNGEORAM

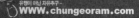

유행이 아닌 자유추구~
WWW.chungeoram.com

FUSION FANTASTIC STORY 류승현 장편소설

리턴마스터

2041년, 인류는 귀환자에 의해 멸망했다.

최후의 인류 저항군인 문주한.
그는 인류를 구하고 모든 것을 다시 되돌리기 위하여
회귀의 반지를 이용해 20년 전으로 돌아갔다. 하지만…….

"어째서 다른 인간의 몸으로 돌아온 거지?"

그가 회귀한 곳은 20년 전의 자신도, 지구도 아니었다!

다른 이의 몸으로 판타지 차원에 떨어져 버린 문주한. 그는 과연 인류를 구원할 수 있을 것인가!

Book Publishing CHUNGEORAM

유행이 아닌 자유추구 -
WWW.chungeoram.com